BIBLIOTHÈQUE LITTÉRAIRE DE LA RENAISSANCE

PIERRE DE NOLHAC

DE L'ACADÉMIE FRANÇAISE

UN POÈTE RHÉNAN

AMI DE LA PLÉIADE

PAUL MELISSUS

PARIS

LIBRAIRIE ANCIENNE HONORÉ CHAMPION

ÉDOUARD CHAMPION

LIBRAIRE DE LA SOCIÉTÉ DE L'HISTOIRE DE FRANCE
ET DE LA SOCIÉTÉ DES ANCIENS TEXTES FRANÇAIS

5, QUAI MALAQUAIS (VIᵉ)

1923

BIBLIOTHÈQUE LITTÉRAIRE DE LA RENAISSANCE

DIRIGÉE PAR

PIERRE DE NOLHAC, de l'Académie française.

PREMIÈRE SÉRIE (FORMAT PETIT IN-8°)

Tome I. *La chronologie du Canzoniere de Pétrarque*, par Henry Cochin . . . . 6 fr.

Tomes II-III. *R. Gaguini epistolæ et orationes. Texte publié sur les éditions originales de 1498*, par Louis THUASNE . . . . . 37 fr. 50

Tome IV. *Le Frère de Pétrarque et le livre du Repos des religieux*, par Henry Cochin . . . . 6 fr.

Tome V. *Études sur Rabelais (Sources monastiques du roman de Rabelais. — Rabelais et Érasme. — Rabelais et Folengo. — Rabelais et Colonna. — Mélanges)*, par Louis THUASNE . . . . 15 fr.

Tome VI. *Pétrarque. Le traité « De sui ipsius et multorum ignorantia »*, par L.-M. CAPELLI . . . . 9 fr.

Tome VII. *Montaigne, Amyot et Saliat. Étude sur les sources des « Essais de Montaigne »*, par J. DE ZANGRONIZ . . . . 9 fr.

Tome VIII. *Amyot traducteur des Vies parallèles de Plutarque*, avec 4 fac-similés, par René STUREL. . . . . 18 fr.

Tome IX. *Les sources italiennes de la « Deffense et illustration de la langue françoise » de Joachim du Bellay*, par Pierre VILLEY. 7 fr. 50

Tome X. *La fille d'alliance de Montaigne, Marie de Gournay*, avec un portrait, par Mario SCHIFF. . . . . 7 fr. 50

Tome XI. *Pierre de Ronsard. Essai de biographie (les ancêtres; la jeunesse)*, avec un portrait, par Henri LONGNON . . . . . . 12 fr.

Tome XII. *Études sur la « Divine Comédie », la composition du poème et son rayonnement*, par Henri HAUVETTE . . . . 10 fr.

DEUXIÈME SÉRIE (GRAND IN-8° RAISIN)

Tomes I-II. *Pétrarque et l'Humanisme*, par P. DE NOLHAC. Nouvelle édition revue et considérablement augmentée. 2 vol. et pl. (*Épuisé.*)

Tome III. *Geoffroy de Malvyn, magistrat et humaniste bordelais (1545-1617)*, par Paul COURTEAULT . . . . 11 fr. 25

Tome IV. *Histoire de la poésie française au XVIe siècle. I. L'École des rhétoriqueurs*, par Henri GUY . . . . 15 fr.

Tome V. *La renaissance du Stoïcisme au XVIe siècle*, par Léonide ZANTA . . . . 18 fr.

Tome VI. *Charles d'Espinay, évêque de Dol, et son œuvre poétique (1531?-1591)*, par H. BUSSON . . . . 15 fr.

Tome VII. *Le Poète et son œuvre d'après Ronsard*, par Henri FRANCHET . . . . 30 fr.

Tome VIII. *Le Philosophe parfaict et le Temple de vertu*, par Henri FRANCHET . . . . 10 fr.

Tome IX. *Un poète rhénan ami de la Pléiade. Paul Melissus*, avec un portrait, par Pierre DE NOLHAC.

Tome X. *Études sur le théâtre français et italien de la Renaissance*, par Maurice MIGNON.

Tome XI. *Les grands écrivains du XVIe siècle. Évolution des œuvres et invention des formes littéraires. I. Marot, Rabelais*, par Pierre VILLEY.

BIBLIOTHÈQUE LITTÉRAIRE

DE

LA RENAISSANCE

NOUVELLE SÉRIE
TOME XI

PIERRE DE NOLHAC
DE L'ACADÉMIE FRANÇAISE

UN POÈTE RHÉNAN AMI DE LA PLÉIADE

PAUL MELISSUS

PARIS
LIBRAIRIE ANCIENNE HONORÉ CHAMPION
ÉDOUARD CHAMPION
5, QUAI MALAQUAIS (VIᵉ)

1923

UN POÈTE RHÉNAN
AMI DE LA PLÉIADE

PAUL MELISSUS

Paul Schede (Melissus)
a l'époque de son pre-
mier voyage en France.

Gravure anonyme de
son recueil de 1575.

BIBLIOTHÈQUE LITTÉRAIRE DE LA RENAISSANCE

PIERRE DE NOLHAC
DE L'ACADÉMIE FRANÇAISE

UN POÈTE RHÉNAN
AMI DE LA PLÉIADE

PAUL MELISSUS

PARIS

LIBRAIRIE ANCIENNE HONORÉ CHAMPION
ÉDOUARD CHAMPION
5, QUAI MALAQUAIS (VIᵉ)

1923

PRÉFACE

*On a longtemps manqué de détails recueillis hors de leurs
propres œuvres sur la vie de nos poètes de la Pléiade et le
monde littéraire qui les entoura. Je n'ai jamais cessé, pour
ma part, d'en rechercher d'inédits, depuis l'époque lointaine où
je retrouvais les premiers autographes de Joachim du Bellay
et son portrait tant de fois reproduit. Les dernières de ces
menues trouvailles ont pris place dans* Ronsard et l'Humanisme. *C'est en achevant de préparer ce livre que j'ai pu satis-
faire une curiosité dès longtemps éveillée sur l'humaniste,
musicien et poète Paul Melissus.*

*Ce nom est lu de tous les ronsardisants en tête d'une fort
belle ode latine de ce* Tombeau de Ronsard, *qui fut réuni par
les amis et les admirateurs du poète aussitôt après sa mort.
Mais qui donc s'informe du « Comte Palatin, chevalier, citoyen
Romain », qui chargea de ces titres majestueux les strophes
alcaïques dédiées à Florent Chrestien? Sachons le meilleur gré
à cet étranger d'accompagner d'une douleur sincère l'annonce
d'un grand trépas et de partager comme un Français le deuil
des Muses françaises. Ce gentil Melissus s'est rappelé mainte
fois à mon souvenir. J'ai rencontré des lettres et des vers de
lui dans les papiers du bon Scévole de Sainte-Marthe, que je
feuilletais dès 1882 à la Bibliothèque de l'Institut, dans la
correspondance de Claude Dupuy, conservée à notre Nationale,
puis dans celle de Fulvio Orsini à la Bibliothèque Vaticane.
Son écriture élégante et claire, où se glissent parfois une ou
deux lignes à l'encre rouge, frappe les yeux et les repose parmi
tant d'écritures du temps ingrates et difficiles. On y peut déjà*

*discerner le caractère d'un écrivain de haute distinction, épris
de diverses formes de la beauté, un peu ostentatoire et glorieux, attaché, de toute la naïve ardeur des poètes contemporains, à la recherche illusoire de l'immortalité.*

*Les recueils abondants et singuliers desquels Melissus atten-
dait la gloire sont tellement oubliés aujourd'hui qu'aucun des
récents biographes de Ronsard n'a songé à en faire usage.
En Allemagne même, où l'auteur compte par son Psautier
haut-allemand parmi les écrivains de la langue, ses titres de
poète humaniste ne sont point mis en suffisante lumière, et
l'on y sera surpris sans doute de l'intérêt que prend un érudit
français à les exhumer.*

*Le lecteur s'apercevra aisément du plaisir qu'on peut trou-
ver en cette compagnie. Il n'est pas de figure germanique plus
attachante et plus voisine de nous que celle du bibliothécaire
de la Palatine, qui fut, avant de fixer sa destinée à Heidelberg, un des grands voyageurs de son temps. Beaucoup
d'autres lettrés ont parcouru l'Europe pour leurs études ou
leur agrément; nul n'a su soutenir un lyrisme aussi habile
par la curiosité insatiable des pays nouveaux et par cet esprit
de sociabilité, qui procura partout à Melissus des relations
illustres ou charmantes. Ce poète franconien, qu'on peut décla-
rer rhénan parce que toute sa biographie tourne autour de la
vallée du Rhin et qu'il y eut ses meilleures amitiés, apparais-
sait à ses contemporains comme un brillant cosmopolite, citoyen
de cette République des lettres que la Renaissance avait cons-
tituée. Il aima l'Italie, déjà terre classique des beaux voyages;
mais il préféra notre pays, dont il a toujours parlé avec une
affection et une admiration qui nous touchent encore aujour-
d'hui.*

*Il est intéressant de trouver, dans les recueils successifs des
Schediasmata, les marques d'un attachement profond à la
culture française et aussi la preuve de l'influence que Ronsard a exercée, un demi-siècle avant Opitz, sur les lettres allemandes. Notre poète s'est enrôlé sous sa bannière, après des*

encouragements que j'ai tenté de démêler. Avant de s'engager sur les chemins du Parnasse, il est allé voir le maître à Paris et prendre ses conseils, dès le premier voyage qu'il a fait hors l'Allemagne; il a pratiqué tous ses ouvrages et conservé des rapports avec plusieurs de ses disciples; sa qualité de réformé ne l'a en rien éloigné d'eux, et plus d'un l'accueillit, surtout lorsqu'il revint habiter la France, dans une intimité dont il fut fier.

On verra comment Paris l'attira, le retint, quels enchantements il en reçut pendant ses deux séjours. Il en a goûté les musiciens, les femmes et les poètes. C'est dans notre capitale qu'il a tenu à donner l'édition définitive de ses œuvres, qui s'imprima sous ses yeux, et c'est de l'opinion française qu'il attendait la consécration de sa renommée. Sa poésie a de la couleur et de la vie, et les défauts qui la déparent sont de ceux que nous pardonnons volontiers à la Pléiade. Le récit qu'on en veut tirer vaudra par quelques traits neufs ajoutés à l'image de notre XVIe siècle.

POÈTE RHÉNAN AMI DE LA PLÉIADE

PAUL MELISSUS

Au mois de mai 1569, étant à Genève chez Henri Estienne, un humaniste allemand, poète et musicien, eut une aventure sentimentale d'un genre assez particulier. Il se plaisait à la rappeler, vingt ans plus tard, en écrivant de Heidelberg, où il gouvernait la Bibliothèque Palatine, à son ami Baumgartner. Paul Melissus venait alors d'être malade et songeait qu'il ne l'avait jamais été depuis ce séjour de Genève, où la beauté d'une jeune Française lui avait causé une fièvre de trois jours : « … Febre vexatus, quam conceperam ex subita admiratione, cum puellam nobilem Gallam eamque formosissimam, in aedibus Henrici Stephani, mihi ad sinistram adsidentem (conueneramus enim aliquot musici), praesentibus honestissimis matronis earumque maritis, Orlandi cantiones Gallicas summa cum suauitate et vocis elegantia, testudine quam increpabat digitis admota, modulantem personantemque audiuissem. Mouisset illa, imo permouisset Caucasum aliasque cautes multo duriores, nedum Melissum[1]. » La scène n'est-elle pas joliment contée? On assiste à la réunion musicale dans cette aimable maison française; on voit se réjouir les honnêtes couples genevois; et soudain la belle jeune fille se lève, prend le luth et chante, en s'accompagnant elle-même, de la musique nouvelle, peut-être des chansons de Roland de Lassus sur des vers de Ronsard[2].

1. Ern. Weber, *Virorum clarorum saec. XVI et XVII epistolae selectae.* Leipzig, 1894, p. 29.

2. Le grand artiste de Mons, que Ronsard appellera en 1572 le « plus que divin Orlande », n'a donné au public qu'en 1571, à Paris, dans une publication d'Adrien Le Roy, ses premières compositions sur les vers de notre poète; mais il est permis de croire que les musiciens informés les ont con-

Peu d'anecdotes marqueraient mieux la séduction qu'exerça sur certains étrangers, presque autant que l'Italie elle-même, le génie français de la Renaissance. Si Paul Melissus a subi ce jour-là une émotion assez forte pour ébranler sa santé, c'est qu'il a joui en même temps, et au degré le plus vif, d'un triple enchantement, auquel il s'abandonna toujours avec ivresse, la perfection de notre musique, la grâce décente de nos femmes, le noble lyrisme de nos poètes. Je voudrais, par une courte étude sur un écrivain, qui mériterait bien davantage[1], mettre en lumière les circonstances qui l'ont rapproché de notre pays et recueillir les témoignages que ses œuvres, à peu près inconnues chez nous, apportent sur les idées et la vie françaises de cette époque.

Paul Melissus, Schede de son vrai nom (le joli mot qui évoque l'abeille traduit le nom de sa mère), est le plus intéressant des poètes humanistes de l'Allemagne. Ses compatriotes lui préfèrent Peter Lotich (Lotichius), qui a plus de sobriété et de pureté classique; ils lui reprochent la familiarité de son vocabulaire, son goût du néologisme, et maint autre défaut[2]. Ce sont de médiocres griefs. Ce que nous aimons dans la prose vigoureuse et colorée d'Érasme, ce qui fait de son latin une langue vraiment vivante, nous ne saurions le dédaigner dans l'œuvre poétique de Melissus. Il a, de plus, des dons véritables d'écrivain, que j'espère faire apprécier par des citations. En tout cas, la matière de ses livres, la variété de ses sujets, dont l'intérêt s'étend à l'Europe entière, le pittoresque de son existence de voyageur et de musicien offrent bien plus d'attraits aujourd'hui que les exercices

nues auparavant. Cf., avec le *Chron. Verzeichniss* de R. Eitner, le travail de Ch. Comte et P. Laumonier, *Ronsard et les musiciens de son temps*, dans la *Revue d'hist. litt. de la France*, 1900, t. VII, p. 353.

1. Il n'y a pas, même en Allemagne, d'ouvrage sur Melissus; on consultera J.-J. Boissard, *Icones quinquaginta virorum illustrium*. Francfort, 1597-1599, part. II, p. 88, et quelques autres biographies en latin; un programme d'O. Taubert, *P. Schedes Leben und Schriften*. Torgau, 1864; Erich Schmidt, au t. XXI de l'*Allgemeine deutsche Biographie;* Nolhac, *la Bibliothèque de Fulvio Orsini*. Paris, 1887, p. 63 et 441; Ern. Weber, *loc. cit.*, p. 152-155; Augé-Chiquet, *la Vie, les idées et l'œuvre de J.-A. de Baïf*. Paris, 1909, p. 488-492.

2. « Mit Lotichius, dem besten Neulateiner, ist er nicht entfernt zu vergleichen; auch hinter Micyllus, Sabinus und Kleineren bleibt er weit zurück » (Er. Schmidt, *loc. cit.*, p. 294). Ce jugement me paraît insoutenable.

d'école où s'est complu, sans se lasser, l'esprit imitateur de l'Humanisme. Au milieu de cette immense littérature néo-latine, qui nous réserve bien des surprises heureuses, mais au prix de beaucoup d'ennui, c'en est une vraiment savoureuse que de découvrir un homme et un témoin dans une œuvre animée par tous les sentiments et toutes les curiosités de son époque.

L'historien futur de Melissus reconstituera surtout par ses livres les détails circonstanciés de sa vie, car ce poète s'est raconté abondamment, en racontant aussi ses amis. Le recueil de ses poésies complètes, réunies en 1586 dans un épais volume qu'il a tenu à faire imprimer à Paris, en hommage à notre ville, ne dispense pas de recourir aux éditions antérieures qui sortirent des presses de Francfort, en 1574 et 1575. Elles présentent déjà le même titre de *Schediasmata* et contiennent beaucoup de morceaux omis dans l'édition définitive[1]. Ces premiers recueils, assez introuvables, et où il faut chercher les pièces les plus curieuses .et les lettres d'amis, sont indispensables pour rétablir une chronologie un peu claire de l'œuvre entière; elle se trouve nécessairement brouillée dans ce rangement solennel que les poètes ont l'usage d'adopter pour leur édition définitive, et dont on les a vus, en tous les temps, éliminer les documents de jeunesse les plus significatifs. Melissus a rejeté, sans qu'on puisse l'en blâmer, des morceaux fort nombreux, dont ses premiers recueils se faisaient honneur et qui formaient un singulier assemblage. On y relève des lettres de Victor Strigel et de Joachim Camerarius; deux billets latins de Claude Goudimel, que certains biographes du musicien n'ont pas ignorés[2]; les

---

1. *Melissi Schediasmata poetica. Item Fidleri flumina. Priuilegio Caesareo. Francofurti ad Maenum, A. C. 1574* (à la fin : *Fr. a. M., apud Georgium Coruinum, impensis Matthaei Harnisch, Bibliopolae Heydelbergensis*), 195 p. (et 31 p. pour l'opuscule de F. Fidler). — *Melissi Schediasmatum reliquiae. Priuil. Caes. A. C. 1575...* 7 ff. de vers liminaires et 459 p. — *Melissi Schediasmata poetica secundo edita multo auctiora. Priuilegiis Romani Caesaris ad vitam et Franc. Regis ad IX annos. Lutetiae Parisiorum, apud Arnoldum Sittartum, sub scuto Coloniensi, monte diui Hilarii. Anno MDLXXXVI*, 7 ff. de pièces liminaires, 562 p. (et index); *Ibid. Pars altera*, 257 p. (et index); *Ibid. Pars tertia*, 325 p. (et index). — Je cite ces recueils sous les trois lettres A (1574), B (1575), C (1586).

2. G. Becker, *Bull. de la Soc. de l'hist. du protestantisme français*, t. XXXIV, 1885, p. 335-360; Michel Brenet, *Claude Goudimel, essai bio-bibliographique*.

témoignages de douleur de plusieurs écrivains huguenots pour le meurtre de Goudimel, victime du massacre qui suivit à Lyon la Saint-Barthélemy parisienne[1]; des vers et de la prose de Théodore de Bèze, qu'indiquent seulement des initiales, la gravité du pasteur voulant écarter jusqu'au souvenir de ses *Iuuenilia*[2]; de nombreuses pièces de circonstance adressées à Melissus par ses amis à l'occasion des armoiries que lui a octroyées l'Empereur, ou de la traduction des *Psaumes* dont on parlera plus loin[3]; une suite de traductions d'épigrammes de l'*Anthologie* honorées d'une petite préface de Henri Estienne[4]; enfin une foule de vers en langue française[5], quelques-uns de Melissus lui-même, qui n'ajoutent rien à la gloire de nos muses, mais attestent le prestige de notre poésie renouvelée par les gens de la Pléiade et l'accueil que lui fait le public de la foire de Francfort. Comptons aussi, parmi les documents enfouis dans le recueil de 1575, deux portraits gravés de l'auteur, l'un en poète lauréat, portant la toge, l'autre qui le représente à l'âge de trente ans, le menton barbu sortant de l'étroite collerette de linge, la main tenant un des lis qui figurent dans ses armes et le buste fièrement campé de trois quarts dans un pourpoint tailladé[6].

De ces trésors, un peu mêlés, le poète a privé ses derniers lecteurs. Il a voulu se présenter à eux en s'inspirant du goût

Besançon, 1899, p. 25. La première lettre, du 30 novembre 1570, parle d'un morceau composé sur des vers de Melissus; la seconde est datée de Lyon, 23 août 1572.

1. Il y a six pièces de vers dans B, p. 79-82, dont deux latines de Melissus et une de J. Posthius, un sonnet du médecin forézien Antoine Ducros (*Crosius*) (cf. p. 152, 160, 300), un sonnet acrostiche signé S. G. S. (le ministre Simon Goulart de Senlis) et une élégie grecque de Jean Sarrasin, de la Charité. Parmi les vers adressés à Goudimel par Melissus, on remarque aux feuillets préliminaires de B : *In annulum donatum Claudio Goudimeli musico* (C, III, p. 263).

2. B, p. 170, 280. Aux vers liminaires du recueil A, on lit des hendécasyllabes signés T. B. V. *anno Cristi 1369*, avec d'autres de Camerarius, Ch. Uytenhove, G. Falckenburg, Henri Estienne, etc.

3. B, p. 271-300, 354-368.

4. B, p. 211-267.

5. Ils sont de Louis des Mazures, Pierre Énoc, Nicolas Clément, François d'Averly, A. Ducros.

6. Les *Icones* de J.-J. Boissard contiennent un meilleur portrait de lui, mais âgé, dû au burin de Théodore de Bry, où il tient également un lis à la main.

des recueils à la française et, dans ce rangement élégant et pompeux, ces hors-d'œuvre, surtout ceux de pure vanité, n'avaient plus aucune place. C'est ainsi que les *Schediasmata* de 1586 disposent leur volumineuse matière en trois tomes de pagination distincte et sous cinq titres généraux : *Emmetra ad aemulationem Pindari modulata, Melicorum libri, Epica, Elegiarum libri, Musae, id est Epigrammatum libri IX.* Chaque division et chaque livre comportaient une dédicace spéciale à la reine Élisabeth d'Angleterre, qui reçoit aussi l'hommage de l'ouvrage entier, et dont le nom, sans cesse invoqué, semble le couvrir, dans toutes ses parties, d'une perpétuelle protection. Tout ce qui touche à l'Angleterre et à l'Italie appartient à la seconde moitié de la production du poète ; une partie des pièces d'inspiration ou de sujet français figuraient déjà dans les premiers recueils, car Melissus avait fait un voyage en France avant de les publier, et ce séjour, quoique beaucoup moins prolongé que ne devait l'être le second, avait développé son esprit et influencé pour jamais son talent.

Il arrivait à Paris, après un début de carrière assez agité. Ayant fait ses études à Iéna, sous Strigel, puis à Vienne, où il reçut de l'empereur Ferdinand la couronne du *poeta laureatus*, il avait porté les armes dans la guerre de Hongrie, vécu à Wittenberg et à Wurzbourg, avant de se diriger vers la vallée du Rhin, où devait se dérouler la suite de sa carrière. C'est, en effet, à la cour de l'Électeur palatin et à Heidelberg, où il demeura à la fin de ses nombreux voyages, que Melissus allait se fixer et mériter d'être compté au premier rang des représentants de la culture rhénane. Bien qu'il soit Franconien de naissance et se proclame en toute occasion *Francus* et même *Semperfrancus*, étant né à Melrichstadt en 1539, il nous apparaît plutôt comme un Rhénan de la rive droite, s'y rattachant aussi bien par ses amitiés les plus nombreuses que par ses publications, toujours faites à Francfort ou à Heidelberg, enfin par une longue résidence dans la vieille capitale du Neckar, où il fut bibliothécaire de la Palatine, la plus illustre bibliothèque de l'Allemagne. S'il a honoré de ses chants les sites sylvestres de sa province natale, c'est au Rhin qu'il a consacré les plus beaux. On voit rouler, dans sa strophe horatienne, les eaux puissantes du grand fleuve, où passe le reflet des montagnes couronnées de châteaux et des collines couvertes de vignes :

> Rhene, Nympharum pater, omniumque
> Rex, quot Almanis dominantur oris;
> Sic suas Maenus tibi, sic Mosella
> 　　Misceat undas;
> Pone turgentes age pone fluctus;
> Mitte conceptas violenter iras
> Meque vectoresque bono fasello
> 　　Deuehe saluo.
> Ipse foecundis grauidos racemis
> Palmites frugesque nouas, et hortos
> Fructibus foetos, nemorumque silvas
> 　　Carmine dicam.
> Splendidas urbes quoque cum beatis
> Villulis arcesque iugis in altis,
> Et iuga et valles, scatebrasque viuo
> 　　Fonte fluentes...
> Bacchus hos montes amat, hosce colles;
> Bacchus has valles colit, hasce ripas ·
> Bacchus heic ARAM sibi consecrauit
> 　　Perpete ritu [1].
> Hic liquor versus subicit poëtis,
> Musicis cantus. Cereris valete
> Cocta. Tu vatis memor i perenni,
> 　　Rhene, meatu [2].

Comment lui vient le goût des choses françaises et de nos lettres, dont il tirera tant de fruit? Il a fréquenté à Vienne la maison d'un Belge éminent, nourri de la culture de l'Europe occidentale et dont les relations avec Paris sont étroites; il y retrouvera plus tard, d'ailleurs, Auger Gisler de Boesbec et il aimera rappeler les bienfaits qu'il doit à cet éducateur des enfants de Maximilien II, qui fut chargé par les empereurs des

---

1. C'est Bacharach que désigne cette étymologie fantaisiste. Melissus y revient dans un petit poème à Lobbet, qui rappelle leur passage en ce lieu fameux (A, p. 73) :

> « ... Nec cantus lepidi vigent, nec artes
> Nuper quas dedit ARA sacra Bacchi,
> Laeuo littore collocata Rheni. »

2. A, p. 33-34.

plus intéressantes missions à Constantinople et en France[1].
Mais, quoi qu'il doive à Boesbec, c'est par la région du Rhin
qu'il a connu la poésie nouvelle de la France. Il y a compté,
parmi les lettrés de langue française, d'intimes amis. Il y a vu
des gens de la Lorraine et des Ardennes, réfugiés pour cause de
religion ou amenés par les négociations des huguenots avec
les princes allemands, et qui portaient dans leurs selles, pour
peu qu'ils eussent le goût des livres, les *Amours* de Ronsard
avec le *Psautier* de Marot. C'est ainsi que nous le trouvons en
grande amitié avec les D'Averly, agents du prince de Condé,
ardennais calvinistes, qui ont joué un rôle de quelque importance à la cour de l'Électeur palatin[2]. L'un, Georges, reçoit de
Paris, dès leur apparition, les ouvrages de Ronsard, dont Melissus lui demandera le prêt[3]; l'autre, François, est un avocat
attaché à la princesse Charlotte de Bourbon, cette fille de
Condé qui habite un certain temps Heidelberg et y sert les
intérêts de ses coreligionnaires[4]. Il se distrait de sa mission
diplomatique en rimant sonnets et odelettes dans la langue
de la Pléiade[5]; imitateur ignoré de nos poètes, il est sem-
blable à tant d'autres qui écrivaillent dans les provinces. Par

1. A. Teissier, *les Eloges tirez de l'hist. de M. de Thou*. Leyde, 1715, t. IV,
p. 157-165. Cf. C, p. 141, 503, 534, 558.

2. La Huguerie nomme, à la date de 1575, « le sieur d'Averly, advocat
françoys qui estoit à Heydelberg avec Mademoiselle de Bourbon », et mentionne ses démêlés avec Meyer, agent de l'Électeur palatin et chargé de ses
affaires en France (*Mémoires de Michel de la Huguerie*, publ. par le baron
de Ruble, t. I, p. 350). Après avoir assisté à Heidelberg aux négociations du
traité entre le prince de Condé et Jean-Casimir de Bavière, administrateur
de l'électorat pendant la minorité de son neveu Frédéric IV, D'Averly servit.
le roi de Navarre, qui l'envoya en Angleterre avec une mission importante.
Léon Dorez me communique sur les deux agents huguenots ce que contient
le dossier D'Averly aux Pièces originales du Cabinet des titres : un acte sur
parchemin, du 10 janvier 1565, de « noble homme François Daverly, demourant à Sedan, au nom et comme ayant droict par eschange de Pol Daverly,
son frère », et de « noble homme Gilles Daverly, frère dudict François,
demourant à Nogent-sur-Seine, en son nom »; un reçu ainsi libellé : « Je,
soubsigné, confesse avoir receu de monsieur le comte de Nanteuil troys cens
cinquante escuz sol, assavoir cinquante escuz pour aller en Souisse et troys
cents escuz pour aller trouver Sa Maiesté. En temoignage de quoy j'ay signé
la presente. A Strasbourg, le douziesme iour de juillet 1590. G. D'AVERLY. »
Le nom de ces personnages manque à la *France protestante*.

3. Voir plus loin, à propos de la *Franciade*.

4. Voir les distiques *Ad illustriss. heroinam Carolam Borboniam, De illius
effigie ad viuum expressa* (C, f. prélim.).

5. Les renvois à A et à B seraient trop nombreux pour être donnés ici.

ces D'Averly, Melissus s'entretient dans la curiosité de notre littérature, mais plutôt à son retour de France.

Louis des Mazures, de Tournay, est un guide d'une autre expérience et un écrivain d'une autre volée. Ami direct de Ronsard, il a compté parmi ses meilleurs disciples et s'est honoré de ses dédicaces. Un changement de religion l'a obligé de fuir la France, et de Lorraine il a passé en Allemagne. Au moment du voyage de Melissus, il erre dans les villes du Rhin et du Neckar[1]. Notre poète l'y retrouvera et profitera largement de ses conseils. Leurs recueils poétiques se rempliront de leurs confidences réciproques[2]. Melissus traduira en distiques élégants le beau sonnet où Ronsard, malgré la défection du calviniste, témoigne d'une invariable estime pour le traducteur français de l'*Énéide*[3]. Je n'ai pas trouvé la preuve que leurs relations soient antérieures au voyage, et leur amitié a d'autres origines que la poésie, puisque la conformité de la foi et un certain esprit d'apostolat, chez l'un et chez l'autre, ont noué leur intimité. Il est curieux, en tout cas, que ce soit dans le « Discours à Loys des Masures », écrit quand celui-ci était encore secrétaire de la duchesse Christine de Lorraine, que se trouve le malicieux portrait des savants allemands, tels que se les figurait Ronsard, à la veille de connaître Paul Melissus :

> O bien-heureux Lorrains! que la secte calvine
> Et l'erreur de la terre à la vostre voisine
> Ne deprava jamais; d'où serait animé
> Un habitant du Rhin en un poësle enfermé
> A bien interpreter les saintes Escritures
> Entre les gobelets, les vins et les injures[4]!

L'initiateur véritable, celui qui a le premier révélé Ronsard à Melissus, est un Lorrain fort obscur, mais digne d'être rappelé à quelque lumière pour les services qu'il paraît avoir

---

1. *Ludovici Masurii Neruii Poemata secundo edita...* Bâle, 1574, fol. 83.
2. Voir notamment A, p. 177 et suiv.; B, p. 364.
3. A, p. 43; cf. Ronsard, éd. Laumonier, t. II, p. 20. Malgré la séparation religieuse, le sonnet nomme encore avec honneur Théodore de Bèze :

> « Pour une opinion de Beze est deslogé,
> Tu as par faux rapport durement voyagé,
> Et Peletier le docte a vagué comme Ulysse. »

4. Éd. Laumonier, t. V, p. 363.

rendus à la propagation de notre poésie hors des frontières
de la langue. Nicolas Clément de Treles appartenait à une
famille de Vézelise, qui est un bourg tout voisin du château
de Vaudémont; il se dit tantôt *Mosellanus*, s'il latinise, tantôt
« Vizelisian » ou « Vaudemon-Contois ». Ses vers ne sont
guère conservés que par Melissus et dans un court recueil
parisien[1]; mais on a publié et republié de lui à Cologne, sous
diverses formes, un recueil de portraits et de petits poèmes sur
les *Rois et ducs d'Austrasie*[2]. Ce compilateur de l'ancienne
histoire de Lorraine a joué quelque rôle auprès de ses ducs;
il n'en a tenu aucun dans la poésie de son temps, ni latine,
ni française, malgré des prétentions imitatrices, exprimées
par le sonnet suivant au médecin Jean Posthius :

> Ronsard dresse mes pas au saint mont des neuf sœurs,
> Belleau pour y monter m'afreichit en Pirene[3],
> Melisse m'emmielle et me tient en aleine,
> Utenhove haut me pousse avec ces adresseurs.
>
> Phœbus pour l'amour d'eux me montre cent douceurs,
> Me nourrit sur Parnasse et m'enaigue ma veine,
> Qui enfle dou-bruiant ma Moselle Lorraine,
> Joyeuse de m'avoir augment de ses honneurs.
>
> Mais, Posthe, si j'écri chose digne de nom,
> Qui resente la fleur des saintes Castalides,
> C'est par grace du ciel, en faveur de mes guides.

1. Tout ce qu'on sait du personnage est dans la *Bibliothèque françoise* de
La Croix du Maine, éd. Rigoley de Juvigny, t. II, p. 197 : « N. Clement de
Treles, secrétaire de M. le duc d'Anjou, l'an 1581, poëte latin et françois. Il
a mis en lumière un sien livret d'anagrammes, avec les vers françois conte-
nant lesdits anagrammes, imprimés l'an 1582. Il dédia ce livre à M. de la
Vergne. » Le titre est *Anagrammatographia*. Paris, P. L'Huillier, 1582, in-8°.
Dans *le Sonnet en Italie et en France au XVI⁰ siècle*, H. Vaganay cite un sonnet de lui « à Monsieur de l'Escot », de 1576, dans un ms. de la bibliothèque
de Lyon. J'en trouve un autre en tête du très rare opuscule de J.-J. Boissard,
Icones diuersorum hominum... Metz, 1591; c'est un « Sonnelet » en vers de
sept syllabes.

2. *Austrasiae Reges et Duces epigrammatis per Nicolaum Clementem Trelaeum
Mozellanum descripti. Coloniae*, 1590, in-4°, 130 p. et portraits; *les Rois et
ducs d'Austrasie de N. Clement, traduict en françoys par Franç. Guibaudet...*
Coulongne, 1591, in-4°, 142 p. et portraits. Réimpression latine, Cologne,
1619; française, Épinal, 1617. Léon Dorez me signale des vers latins en tête
du *Spiegel der Welt* de Peter Heyns. Anvers, Plantin, 1583, et en tête des
Icones de Nic. Reusner, 1589 (*Catal. James de Rothschild*, t. V. Paris, 1920,
p. 159). Cf. A, p. 143; B, p. 329-330.

3. Pirène était une fontaine de Corinthe consacrée aux Muses.

Ronsard, Belleau, Melisse, Utenhove, Apollon,
Dresse, afreichit, mielle, encourage, nourrit,
Mes pas, mes dois, ma vois, mon ame, mon esprit [1].

Si les vers du rimeur lorrain ne montrent guère que les
défauts de l'école, sans l'élan qui soulevait aux côtés du
maître les bons élèves de Ronsard, la sincérité de ses admirations n'est pas douteuse. Il a su les faire partager à Paul
Melissus, qui lui est resté reconnaissant d'avoir présenté les
richesses des Muses françaises à ses yeux éblouis et de l'avoir
initié à cet art tout nouveau, qui tirait de l'étude de l'antiquité les formes les plus savantes et les plus nobles inspirations. C'était aussi une révélation précieuse que celle d'une
poésie non plus récitée, mais chantée avec un accompagnement d'instruments, dont la mélodie était modelée sur le
mètre. Notre Ronsard en avait propagé l'usage. Melissus,
excellent musicien, avait fait dans ce genre quelques essais,
suggérés par l'exemple des Français et dont il reporte une part
d'honneur à leur chef d'école [2]. Toute cette curiosité éveillée,
tout cet enthousiasme satisfait apparaissent dans un petit
poème, dont l'intérêt me semble dépasser le cas particulier de
notre humaniste :

Dialogus P. Melissi et N. Clementis Trelaei :

Clemens, dulcis ocelle Gratiarum,
Quas dignè tibi pro lepóre plenis
Ronsardi celeberrimi libellis
Me persoluere gratias decebit ?
C. Sat puto mihi gratiae rependi,
O mellite Melisse, mel sororum,
Acceptare quod annuis venustos
Ronsardi lepidissimi libellos.
M. Absurdum velut ac parùm decorum est
Donum respuere elegans poëtae ;
Sic praeter meritum sit indecensque
Valdè, non aliquid referre gratum.
C. Quid maius meliusue flagitarem ?
Dum tu me teneris beas Phalaecis,

1. B. p. 330.
2. *Cantionum musicarum quatuor et quinque vocum lib. I.* Wittenberg, 1566.
Je n'ai pas vu cet ouvrage, ni un autre de 1565, qu'étudie le programme de
Taubert.

Vincis munificentiore dextra.
Quae das sunt tua, quae ipse sunt alius.
M. Si tanti modulos facis tenellos,
  Tot poscam nitidum pedes Catullum,
  Is quot basia Lesbiam poposcit;
  Ronsardi numero modos ut aequem...
C. Versu laus sua cuique digna cedat;
  Tu sis Teutonicae lyrae repertor,
  Ronsardus pater esto Gallicanae,
  Argutus Latiae Catullus auctor.
M. Redux sit Maro, sit redux Homerus;
  Dircaeusque et Horatius resurgant :
  Primas Uindocino (reor) poetae
  Sedes quatuor unico resignent...[1].

Comment le jeune Allemand, voué à la poésie sous la seule forme qu'il puisse connaître, celle de l'Humanisme, ne serait-il pas enthousiaste d'un Ronsard, qui la transpose, l'agrandit, l'ennoblit dans sa langue maternelle, et comment ne souhaiterait-il pas visiter la ville qui s'honore d'un tel poète, le rencontrer lui-même et s'instruire auprès des musiciens qui collaborent avec lui? L'occasion s'offre en la compagnie de son ami Jean Lobbet, qui va en France compléter des études juridiques[2], et l'on trouve Melissus à Paris en 1567. Il a obtenu pour divers personnages des recommandations de son maître viennois l'historien Sambucus, dont les amis parisiens sont deux savants de premier ordre, tous deux lecteurs au Collège royal, Denys Lambin et Pierre Ramus, ainsi qu'un jeune magistrat, savant et bibliophile, qui possède une des plus précieuses collections de manuscrits et d'imprimés que Paris ait vues à cette époque, Henri de Mesmes. C'est par une pièce adressée plus tard à Henri de Mesmes que nous apprenons sous quels auspices Melissus est arrivé à Paris. Il y parle de la mort de Sambucus, survenue en 1584 :

> . . . . inque mentem
> Mi reuocatur, uti (fereque

---

1. A, p. 21. (La pièce n'a pas été conservée dans C.) Melissus n'ignore pas que Ronsard est vendômois (Vindocinus).

2. Des deux voyageurs, c'est Lobbet qui parle le mieux le français (A, p. 72) :

> « Lobbeti, comes impiger Melissi,
> Interpres bone Gallicae loquelae... »

> Fluxere abhinc iam sex trieterides)
> Scriptas amicè me per epistolas
>   Tibique Lambinoque commen-
>   dauerit, eximioque Ramo ;
> Tunc cum quietam visere Galliam
> Urgeret ardor corda flagrantior,
>   Mihique doctorum virorum
>   Conciliaret amor fauorem [1].

Du premier coup, Melissus était introduit dans les milieux qui lui convenaient le mieux, celui des humanistes et celui des poètes. A vrai dire, à ce moment du siècle, ils se joignaient étroitement, et Jean Dorat, l'illustre maître de grec de la Pléiade, en formait le trait d'union. Par Ramus et Lambin, qui étaient collègues de Dorat et amis personnels de Ronsard [2], Melissus put connaître l'un et l'autre. Il paraît avoir su quelque chose des discordes qui troublaient l'Université de Paris, car c'était l'année où Charpentier venait de publier sa seconde « Philippique », *In Petri Rami insolentem decanatum*, et où commençait contre Ramus l'agitation destinée à lui être funeste [3]. Le jeune étranger, que tentait quelquefois la curiosité du Palais et de ses plaidoiries, habitait dans le quartier de l'Université. Il suivait assidûment les leçons données au Collège royal, et l'on aperçoit quelque chose de sa vie dans ce petit tableau, à la façon de Martial, où sont rappelés à la fois le cours savant et les récitations poétiques de Dorat :

AD IO. AURATUM PROFESSOREM REGIUM.

> Aurate, Aoniae decus palaestrae,
> Qui versus numerosior canoros
> Tam Graio pede quam facis Latino :
> Quis primus celeberrimae per orbem
> Fundamenta Academiae locauit
> Ad decliuia Sequanae fluenta ?

---

1. C, p. 546.

2. La liaison de ces savants avec Ronsard est mise en lumière dans *Ronsard et l'humanisme,* p. 155-163, 167-169.

3. Ramus est mentionné deux fois dans C, III, p. 66. Faisant allusion aux menées de Léger du Chesne (*L. a Quercu*), Melissus a plaint la mort de Ramus, au cours d'une pièce dédiée au jurisconsulte français Hugues Donel, réfugié en Allemagne (B, p. 71) :

> « ... Dum lego de Rami crimina Querna nece. »

Quis regum Clarias amans sorores
Tot collegia primus instruendo
Sacris hospitium dedit Camoenis?
　Quom vel cerno frequentiam scholarum,
Vel claros adeo virosque doctos,
Concursus hominum vel exterorum,
Aut considero regiam supremi
Saltem magnificentiam senatus [1];
Ut Demosthenicae crepent cathedrae,
Ut tot pulpita Tullio resultent,
Multusque Isocrates Platoque multus
Creberque eloquio sonet Pericles;
Ut tot caussidici, tot aduocati
Verbosum strepitu forum fatigent :
An non in mediis rear Pelasgis
Heic me viuere [2]? non Lutetianam
Urbem mirer ut alteras Athenas [3]?

Les hommages que Melissus adresse à Ronsard montrent en quélles dispositions d'esprit il a abordé le maître, alors dans le plus vif éclat de sa gloire. Il ne voit rien de plus grand que lui en Europe et rien de plus pàrfait que l'art qu'il a créé. Il professe pour lui le respect dont les Français instruits, et même les plus austères philologues, se plaisent à l'entourer. Tout ce qu'il rencontrera en France l'y encouragera. S'il n'a pas eu accès en ce voyage dans la maison de Jean de Morel, où s'est formée la gloire naissante du poète[4], s'il n'a probablement pas connu Baïf, qui deviendra un jour son ami parisien le plus intime, il a vécu du moins parmi des admirateurs fervents et unanimes. Il a traduit des vers d'Étienne Jodelle[5] et surtout de Ronsard lui-même, dont il

1. Le Parlement de Paris.

2. Toute cette éloquence donne à Melissus l'idée qu'il vit « au milieu des Grecs »; le trait est inattendu.

3. A, p. 75.

4. Les six distiques à la belle Camille de Morel (B, p. 75) ne sont encore qu'une simple réponse à une lettre de la jeune savante suggérée par Uytenhove. Melissus s'empressera auprès d'elle en 1584.

5. B, p. 41; C, III, p. 66. Ce sont les vers de Jodelle sur Ramus. Cf. éd. Marty-Laveaux, t. II, p. 192. Colletet dit que « ce poète allemand, Paul Melisse, prenoit à tâche de traduire en latin les vers françois de Jodelle et de Jean Dorat ». Pour Jodelle, il n'a imprimé que cette pièce.

orne fièrement ses recueils : *Ex gallico Ronsardi*[1]. Enfin, il a écrit à son tour l'ode du disciple, où le lieu commun admiratif laisse place à des indications précises intéressantes pour l'histoire des lettres :

AD PETRUM RONSARDUM EQ. VINDOCINUM.

Non Galla tantum, scita grauis soni,
Te patriorum littora fluminum,
   Ronsarde, clarae personantem
    Pectinibus citharae stupescunt :
Maenus refusis Franconicus vadis,
Me musico, odas cornibus ad tuas
   Sollerter elatis serenam
    Attonita bibit aure vocem.
     ...Quàm fuerant prius
Nymphae poëtas indigenae sacros
   Et Celtin Huttenumque, et ipsum
    Lotichium quoque prosequutae
Philtris amantes; tam philotesiis
Te demereri dulcibus extera
   Quamuis in ora procreatum,
    Francigenam tamen, usque quaerunt...
Te praeter omnes, inclyte, principem
Solum poëtarum indigitant; ad haec
   Patrem Camoenarum fatentur,
    Stirpis et Hectoreae patronum
Gaudens salutat Francia nobilis[2],
Secura clausis Hercynii iugi
   Siluis; honorem saltuosus
    Pinifer ingeminat triumphi.
Quid multa? cantor Franca per oppida
Obliuionem carminibus tuis
   Defendo, Germanos docere
    Callidus insolitum canorem.
Non usitatis dum ferimur viis
Prisci sequentum tramitis orbitas,
   Vestigiorum me recentum
    Indiciis iuuat immorari.
Tecum perennis iam genii, Petre,
Pleno futurum est, plenus ut ipsemet

---

1. Voir notamment B, p. 43, 103, 112, 114, 174, qu'on retrouve dans C.
2. Le mot *Francia* chez notre poète désigne la Franconie.

> Fortassis aeternem per aeuum
> Teutonicam fidicen Camoenam[1].

Melissus se représente donc à Ronsard comme le héraut de sa gloire sur les bords du Mein, et ce sont les meilleurs poètes de sa patrie qu'il se plaît à rapprocher de lui. Mais il ne peut être question de confrères en langue allemande; la Germanie n'a point encore, pour lui, de poètes dignes de ce nom; c'est beaucoup plus tard, c'est même au siècle suivant que Martin Opitz suivra les traces de Ronsard, en se faisant honneur de l'imiter. Seuls, des écrivains latins se présentent à l'esprit de Melissus; ce sont Konrad Celtes, Ulrich de Hutten, et ce Peter Lotich, professeur à Heidelberg, dont il se dit l'élève et que garderont en haute estime les lettrés de son pays. Quelle attestation éclatante en faveur de l'esprit français, qui produit dans l'idiome vulgaire des poètes égaux aux meilleurs des néo-latins, et quelle bonne grâce apporte à la publier ce nouveau disciple de Ronsard! Il s'est mis, en effet, à son école. Il s'inspirera de lui désormais dans la mesure où le permet la différence du langage; il le traduira autant par exercice que par hommage; il se complaira comme lui à exprimer, avec plus d'insistance qu'Horace, leur commun modèle, les beautés de la nature, des champs, des forêts, des fontaines; il semble même plus tard modeler sa carrière sur la sienne, en élevant à un degré supérieur la dignité du poète aulique et en se mettant à parler aux princes au nom des Muses.

Les témoignages de l'admiration de Melissus pour le maître qu'il avait rencontré en France ne manquèrent point. Lorsque parurent, en 1569, le sixième et le septième livre des *Poëmes*, il lui adressa ces distiques :

> Tanta tibi est Francae, Ronsarde, peritia linguae[2],
>   Tam tibi foecundo gratia fonte fluit;
> Floribus et gemmis nitidis tot ubique coruscas;
>   Tam bene, tam scitè, quod canis, omne canis :
> Unus ut omnigenos exhauseris arte poëtas,
>   Olim quos Latium, Graecia quosue tulit.

---

1. A, p. 31-33. C reproduit l'ode, p. 251; avec quelques variantes de mots et d'orthographe.

2. Ici, par exception, Melissus donne au mot *Francus* le sens de *Gallicus*.

>   Mirane res ergo est, Petre, si tua Musa feratur
>   Vincere Maeonidem, vincere Virgilium[1]?

Cet étranger est du nombre des lettrés informés des projets du poète, qui savent comment il prépare sa fameuse *Franciade*. Personne en Europe ne l'attend plus impatiemment. Au moment où va paraître le début de l'épopée que Ronsard ne finira point, il la célèbre par avance comme l'œuvre d'un nouvel Homère et d'un nouveau Virgile, et il s'y intéresse d'autant plus que le héraut Francus, fils d'Hector, avant d'arriver en Gaule, a traversé dans ses voyages son cher pays de Franconie; il y a même régné et lui a laissé son nom, qui est le même que celui du royaume d'Occident, *Francia*. C'est donc pour ses compatriotes aussi, à ce qu'il nous assure, un poème national que Ronsard a composé :

>   Laomedonteae post diruta moenia Troiae
>   Celtica dum Phrygium mittis in arua ducem,
>   Non minus hoc laudi ponit sibi Francia tellus,
>   Quam decus hinc captat Gallia docta suum.
>   Ut bene Gallorum fratres sincera vetustas
>   Germanos iunctis dixit amicitiis!
>   Ut bene posteritas regum firmauit easdem,
>   Unius imperii quom duo regna forent!
>   Macte age, Francorum meritas deducere laudes
>   Strenue, Vindocini gloria Petre soli.
>   Francia (tam polles vi carminis) utraque surgit
>   Maior in Eois, maior in Hesperiis[2].

Melissus a écrit, dans l'attente de la *Franciade*, plusieurs petits poèmes adressés à Jean Dorat, à Muret, à Georges d'Averly; à celui-ci, qui habite dans son voisinage, probablement à Heidelberg, il demande, dès qu'il apprend la publication du poème, le prêt de son exemplaire :

>   Prodiit in lucem quae nuper Francias illa
>   Gallica, Ronsardi nobile vatis opus,
>   Mi cordi legere est; fac ea potiamur, Auerli,

---

1. *In poemata P. Ronsardi.* B, p. 77; C, III, p. 97.

2. Voir les diverses pièces sur la *Franciade*, dans B, p. 129-131; dans C, III, p. 222-224 (au 3ᵉ vers, dans C : *Francia*). Les quatre premiers livres de la *Franciade* ont paru chez Buon, en 1572.

> Nam reor exemplar te penes esse recens.
> Si nescis, quanti faciam tam docta poetae
>   Carmina, cui regio vix alit ulla parem,
> Dicere sufficiat plus huic debere poesin,
>   Soluere quàm Musae, quàm vel Apollo queat.
> Uno aliquo veteres norunt excellere vates :
>   Sed mihi cunctorum solus hic instar erit[1].

C'est, par-dessus tout, pour sa grande théorie de l'union de la poésie et de la musique que Ronsard a trouvé dans Melissus un adepte fervent. On voit celui-ci initier ses compatriotes, avec un zèle qui ne se dément jamais, à une mélodie mesurée sur les vers, suivant l'idée que le chant, qu'il soit monophone ou polyphone, doit se plier rigoureusement au rythme de la diction. Ses *melica*, ses *cantiones harmonicae* sont l'adaptation à son latin d'humaniste des habitudes de la Pléiade et des principes des nouveaux musiciens français. Son rôle dans son pays est d'y faire accepter leurs inventions et, si l'on a perdu le traité (*Aphorismi*) où il établissait les principes du chant mesuré, il y a dans ses œuvres assez de vers bien précisés pour qu'on puisse savoir quel domaine il a assigné à son activité musicale[2]. Avant de l'étendre à la langue allemande, il a destiné beaucoup de ses poèmes à être accompagnés sur le luth, comme il a vu faire pour ceux de Ronsard. Il a fréquenté, d'ailleurs, les musiciens qui travaillaient avec nos poètes; les vers qu'il leur adresse, ainsi qu'à des chanteurs qu'il a entendus, demandent à être lus avec attention[3]. On y reconnaîtra sans peine que Melissus est probablement, de tous les poètes du temps, celui qui fournit pour l'histoire de cet art les plus nombreux renseignements. Dès son premier séjour en France, il travaille avec Goudimel, un des plus anciens collaborateurs de Ronsard; mais c'est Roland de Lassus, le musicien de la cour de Bavière, qu'il proclame à mainte reprise le plus inspiré et le plus habile de tous. Une page

1. Peut-être Melissus éprouva-t-il, comme plusieurs contemporains, une déception de la tentative avortée de Ronsard dans l'épopée; il n'a rien écrit sur le poème après l'avoir lu.

2. Cf. Augé-Chiquet, *loc. cit.*, p. 490. Il n'y a pas de bonne musique, dit-il, *nisi verba melodia seruet* | *Apta sonis* (C, III, p. 106).

3. Vers à Jacques Meiland, à Léon Lechner, à Zarlino, etc.; B, p. 69; C, III, p. 93, 106, 107, 108, 109.

donnera l'idée de l'admiration qu'il lui porte et qui se trans-
formera en amitié :

> ... Primus inexpertam scrutatus es impiger artem ;
>   Te duce, Lasse, nouum Musica tentat iter.
> Artis et ad summum diuina peritia venit,
>   Suauiter harmonicos te modulante sonos.
> Es grauis, et plenis aures concentibus imples,
>   Maiestasque tuis cantibus omnis inest.
> Scis bene, quae faciat laetas symphonia mentes
>   Flebilibusque modis scis bene quá sit opus.
> Nunc tardas lento voces procedere tractu,
>   Nunc celeres numeros currere ritè facis ;
> Et modò sublimis, modò pressior, aptus ad odas
>   Quaslibet, arguta pectora voce feris,
> Mollia seu duris, grauibus vel acuta necesse est
>   Miscere et resonos elicere inde modos.
> O te felicem, cui munera tanta Camoenae
>   Ubertim larga contribuére manu[1] !

Tous les mètres servent au poète pour célébrer celui qu'il
compare tout naturellement à Amphion, à Arion et à Orphée,
dont le chant entraîne sur ses pas Eurydice :

> Istaec magna quidem fidemque fermè
> Excedentia sunt ; sed ecce maius
> Quiddam ! Carminibus suis venustis
> Elegantibus et melodiarum
> Plenis, artifices docens magistros,
> ORLANDUS meus ille Lassus omnem
> Europamque Asiamque traxit ad se,
> Ad se traxit et Africam remotam ;
> Suaues usque adeó sonat canores,
> Dulces usque adeó canit sonores[2].

---

1. A, p. 111-113 ; C, II, p. 89. La pièce exprime la joie de leur rencontre à
Augsbourg, au bord du Lech :
> « ... Quanta ego te viso percepi gaudia nuper,
>   Quanta ego colloquiis gaudia, Lasse, tuis ;
> Heic ubi Vindelicos bifidus Lycus irrigat agros,
>   Et vetus Augusti moenia nomen habent...
> Tunc cum praelustres aulas sequeremur uterque,
>   Tu ducis Alberti, Caesaris ipse mei. »

2. *De cantionibus Orlandi Lassi musicorum nostri saeculi facile principis* (A,
p. 76). Il y a beaucoup d'autres mentions du musicien de Mons, dont une
grande partie de la carrière s'est écoulée en Allemagne.

Partout Melissus cherchera l'occasion d'écouter des musiciens et d'enrichir ses expériences techniques ; partout il demandera au chant ses plus vifs plaisirs. Il lui arrivera de rencontrer sur les bords du Rhin, avec une joie infinie, une demeure de grand lettré, remplie du souvenir de Ronsard et de ses émules et toute vibrante de leurs poésies. Charles Uytenhove, le savant polyglotte gantois, vient de s'établir à Cologne, après un long séjour à Paris, où il a vécu, chez Jean de Morel, dans l'intimité de Joachim du Bellay, de Ronsard et de Dorat[1]. Ce sera entre Melissus et lui un échange perpétuel de visites, de correspondances, qui descendront et remonteront le fleuve[2] et resserreront entre les deux humanistes une liaison née de l'entière conformité des goûts. Un attrait particulier s'ajoute à la demeure du Flamand longtemps francisé et qui maintenant se germanise. C'est la présence d'une jeune musicienne, qui chante ses vers en même temps que ceux de la Pléiade et qui donne à Melissus la joie d'entendre aussi les siens interprétés par son admirable voix. C'est une Française, « Madamoiselle de Pallant », qu'il appelle aussi en latin *Iohanna Pallantia*, et à laquelle il adresse presque autant de vers qu'à Uytenhove lui-même[3]. La ferveur que lui inspirent ses talents et sa beauté inviterait à l'identifier avec la merveilleuse musicienne rencontrée chez Henri Estienne. Quelques hendécasyllabes colorés, sur une blanche main qui anime le luth, donneront une idée de l'art de Melissus dans le madrigal passionné et de l'exaltation que lui procure la musique de chant :

In dextram Iohannae Pallantiae virginis nobilissimae.

Dextra candidulo nitens colore,
Qua nec lac magis albicat vel ipsum
Nec fulgentior est nitor niualis ;
Dextra purpureis serena venis,
Dextra lineolis decóra viuis,
Dextra coraliis amicta rubris ;

1. *Ronsard et l'humanisme*, p. 174 et suiv., 215 et suiv.
2. Cf. les vers d'Uytenhove à Melissus (A, p. 182) :
     « Sic tua labuntur Rheno quoque vecta secundo,
        Nostra sed aduersa scripta feruntur aqua. »
3. A, p. 38, 86-93 ; B, p. 100, 103, 105, 109, 113, etc.

Pallas cui teretes, leues et aptos
Et longos digitos et elegantes
Formauit, resonam chelim mouentes
Qualem Pierii chori magistrae
Plectris dulcibus increpant canendo,
Salue terque mihi quaterque salue,
O Pallantiados manus Iohannae !
Saluete o digiti, tenellulorum
Palmae more modoque ramulorum
Vernantes ! Manus illa (amabo) tune es
Doctos Utenhoui perita uersus
Descriptos dare tam typis amoenis,
Typis splendidulis, typis venustis ?
Tune illa manus, meos recenteis
Psalmos vertere gnara, tam diserta
Linguae duplicis elocutione ?
Hinc sunt digiti illius puellae,
Quae vel iudice vicerit Minerua
Auroram rubicundulis labellis,
Cyprin flammeolis suis ocellis[1] ?...

Melissus composait alors cette traduction des *Psaumes* en vers métriques allemands, où il s'efforçait de donner à son pays l'équivalent de ce qu'étaient chez d'autres les *Psaumes* de Marot, de Bèze ou de Buchanan[2]. Il en écrivait à Joseph Scaliger :

..... Nos sacros Nymphas Nicri[3]
Psalmos regis Iesseï
Lyra iubemus Teutona sonare, quos
Bezae Melpomene prius,
Quos et Maroti Gallicas Libethridas[4]
Arguta docuit fide.

1. A, p. 88. Il possède à Heidelberg un portrait de Mlle de Pallant. Beaucoup plus tard, il rappellera le souvenir de ses charmes et de son talent à une jeune fille de sa famille, Anne de Pallant (C, III, p. 194).
2. Cf. l'ode à George Buchanan, A, p. 8, et les vers à Lassus qui commencent ainsi :

« Lasse, poetarum Buchananum tempore nostro
Qui scripsit esse principem... »

3. Il écrit sur le Neckar, à Heidelberg, qu'il appelle volontiers *Myrtiletum*.
4. Les Libéthrides sont les Muses qui habitent la source Libéthra. Ces humanistes nous obligent souvent à consulter nos dictionnaires de mythologie.

>   Inusitatum molior quidem meis
>   Francis tendere barbiton,
>   Normam sequutus et modum non antea
>   Ullis hercule cognitum [1].

La curiosité de la tentative est que ces textes allemands devaient être chantés sur des airs français. L'auteur les annonçait au Palatin Frédéric IV dans un petit poème au titre instructif : *Quare graui sublimique stylo utatur in Psalmis suis Teutonicis ad melodiam Gallicam accommodatis* [2]. Les cinquante premiers allaient paraître sous ce titre : *Di Psalmen Davids in Teutische gesangreymen nach französischer melodeien und sylben art* [3]. D'une certaine importance pour l'Allemagne dans l'histoire de la musique et même de la langue, cette publication fut honorée de nombreux compliments littéraires, parmi lesquels l'auteur a recueilli aussi ceux des Français. François d'Averly l'avait encouragé par complaisance, en soulignant ce que l'entreprise impliquait d'inspiration étrangère et d' « accort alleman-françois » :

> ... Tu suis à droit les François
> Aux lois de la poësie ;
> Ils sont de ta Franconie
> Et tiennent encor ses lois ;
> Tu suis bien l'invention
> De ceux de ta nation.
>
> Un jour cete nouveauté
> Plaira à ta Germanie :
> Cette douce symphonie
> N'esclave sa liberté ;
> Ce n'est que par Goudimel
> Lui donner gout de ton miel [4].

Quand les *Psaumes* parurent, un jeune écrivain de langue française, qui est évidemment le fils de Nicolas Clément, adressait à son père, « d'Everfeld, ce 14e d'octobre 1572 », une lettre où la portée de la tentative de Melissus est bien définie et qui montre en même temps quel succès lui fit accueil. Le témoignage de ce Lorrain vivant en Allemagne mérite d'être connu :

... Qui eust jamais pensé d'ouïr ces nouvelles, que de la main de ces grossiers hauts Allemans le Psautier sortiroit, traduit en

1. A, p. 164.
2. B, p. 185.
3. Heidelberg, M. Schirat, 1572, in-8°. Voir Goedeke, *Grundriss zur Gesch. der deutschen Dichtung*, 2e éd., t. II, p. 518.
4. B, p. 356.

rhythme d'aussi bonne, voire, à mon advis, meilleure grace qu'il n'est en François ? Cette foire de Francfort nous en a donné un coup d'essay dudit Psautier; la lecture duquel, veu l'élégance, douceur et grace naïfve, ne me peut souler. Si j'en eusse eu un qui fust à moy, vous en eussiez eu la veüe dès maintenant; mais je crain qu'à grand'peine le scauriez lire, tant pour la petitesse de la lettre que pour la hautesse du stile Alleman; outre ce que l'orthographe est aussi toute autre, que la côsmune impression. Pour mon regard je la trouve tresbonne; et suis marry que de long temps l'auteur, nommé Melissus, ne l'ait mise en avant. Ce m'eust été jadis une grande espargne à l'introduction de la langue tudesque. Quoy que soit, je serai bien aise d'ouïr là-dessus le jugement de ceus qui mieus que moy (pour estre Allemans) en peuvent juger; tant y a que le Psautier de N. semble auprès de celui de Melissus l'ouvrage d'un Cherilus. Car, outre ce que le livre de N. a faute de ceste grace, scavoir et disposition, qui fait vivre les œuvres avec les ouvriers, il semble

> Qu'il ne scait que c'est de mesures,
> D'apostrophes, ny de cesures;
> Ny de ces preceptes divers,
> Qui monstrent à faire de vers[1].

Je n'en scaurais plus que dire, sinon que les Muses tudesques n'ont moins en cest endroit demonstré leur scavoir, leur grace, leur vertu, que les Muses escossoises, d'avoir fait naistre un Buchanan de l'Escosse sauvage[2].

Le séjour en France, qui fit approfondir à Melissus les ressources de notre lyrisme, est contemporain d'un autre voyage d'études, celui d'un de ses meilleurs amis, Jean Posthius, de Germersheim. Éminent représentant de la culture rhénane de cette époque, le futur *archiater* des Électeurs palatins était lié avec Nicolas Clément comme avec Melissus[3]. Il revenait alors d'Italie, où il avait prolongé un fructueux séjour, et en faisait un à Montpellier auprès de Guillaume Rondelet et des autres médecins de l'illustre Faculté; il se préparait à y ajouter celui de Paris, plus spécialement réservé à son profit litté-

1. *Sic.* Je ne sais à qui s'applique cette condamnation.
2. B, p. 366-367.
3. Il y a assez peu de distance entre Vaudémont et Germersheim, en Palatinat, d'où Posthius est originaire. Cette liaison est, en tout cas, un nouvel exemple des relations littéraires entre les Mosellans français et les Rhénans.

raire, car il aimait les lettres et les vers d'humaniste qu'il tournait fort bien[1]. Le médecin-poète et le poète-musicien, réunis
plus tard au château de Heidelberg, ont dû rappeler mainte
fois les souvenirs communs de leur traversée de la France et
des amis qui les y accueillirent. En quittant Paris, et tandis
que Posthius est encore à Montpellier, Melissus se rend à
Orléans, ville universitaire où travaille son ami Lobbet[2].
D'autres étudiants allemands lui font sans doute un entourage
fraternel; mais, suivant son habitude, on le voit rechercher
les esprits distingués du pays. Ils ne manquent point à
Orléans, même en dehors du corps de l'Université, et l'étranger trouve avantage à fréquenter un bon poète humaniste
ayant vécu en Italie, Germain Audebert[3], ou un disciple
authentique de Ronsard, Florent Chrestien. Celui-ci tiendra
une certaine place dans les recueils de Melissus, qui lui
dédiera sa paraphrase du Symbole des Apôtres et mainte
page d'inspiration religieuse[4], car le poète français a fait
adhésion aux nouvelles doctrines et la cause protestante n'a pas
de défenseur plus ardent. On sait quelles polémiques violentes
il a soutenues avec Ronsard lui-même et quelles années d'animosité sépareront le disciple du maître avant leur réconciliation. On est, d'ailleurs, au moment où les pires discordes
civiles sont déchaînées; Melissus a vu éclater à Orléans la
troisième guerre de religion et les troupes allemandes de
Jean-Casimir entrer en France. Sa traversée des provinces
n'est pas sans péril, et il lui arrive d'être fait prisonnier une
première fois en Bourgogne par un parti de catholiques sorti
de la Charité, une seconde fois à Dôle par des Espagnols sans

1. Boissard a placé une intéressante vie de Jean Posthius en tête de ses
Icones de 1597. Je fais connaître ce qu'a dit celui-ci de sa visite à Ronsard,
dans *Ronsard et l'humanisme*, p. 345.

2. A, p. 77, 79 (à Posthius, à propos de la mort de Rondelet) :

     « Nos heic ad Ligeris sedemus amnem. »

B, p. 35; C, I, p. 175, 225, 231 ; II. p. 96, 427, 431, etc. Quelques souvenirs
de la vie orléanaise seraient à rechercher; voir, par exemple, les vers intitulés *Rudera templorum Aureliensium* (B, p. 38) et ceux qui sont adressés à
Claude Maillard, lors de son mariage, *In nuptias Iaquelynnae Charruae Aurel.*,
C, I, p. 211, 260; III, p. 127, 153.

3. C, p. 231.

4. B, p. 146 et suiv.; pour les relations postérieures, voir dans C, III, p. 225,
279, 321 et suiv.

courtoisie[1]. Il fait allusion à ces mésaventures en donnant de ses nouvelles à Posthius, inquiet de son sort[2]. C'est d'un accent ému qu'il plaint ce malheureux pays, où ses compatriotes viennent, croit-il, faire une œuvre de justice. Il déplore la défaite de Moncontour, à l'heure même où la célèbre Ronsard. Il est vrai qu'il y a perdu un de ses cousins germains, un Jean Schede, qui servait dans l'armée huguenote, ainsi qu'il le rappelle à François d'Averly, qui a assisté à la journée :

> Gallicus iste furor, qui tot pessumdedit acreis
>   Et bellicosos viros,
> Iamque decem scutica, Francisce, flagellat aristis
>   Ciues colonosque, vah !
> At finiturus plagas nec vere trilustri
>   Intemperantissimas,
> Abstulit (heu fatum !) creperae certamine pugnae,
>   Mi patruelem abstulit.
> Pro meliore tamen causa stetit ille, pedemque
>   Nunquam fugacem loco
> Fixit, et occumbens meruit laudemque decusque
>   Constantiae Teutonae.
>   ..... O Monconturia clades !
>   O dura lis Franciae[3] !

La même sympathie qui a uni Melissus à l'Orléanais Florent Chrestien l'attachera plus étroitement encore au Bisontin Jean-Jacques Boissard. Il séjourne auprès de lui à Besançon, ville alors sous la protection de l'Empire et qui est un des centres florissants du protestantisme. Notre poète louera souvent Boissard pour son caractère et son érudition et appréciera ses travaux d'archéologue sur les antiquités romaines, inspirés par celles de sa ville natale[4]; à son tour, celui-ci enrichira ses volumes par des *encomia* et des *responsa* de toute

---

1. « Ab iniuriosissimis Hispaniensibus. » Ces détails sont donnés par Boissard, qui les a tenus, peu de jours après, du voyageur lui-même (*Icones...,* part. II, p. 88).

2. A, p. 163.

3. B, p. 20. La bataille de Moncontour fut livrée le 3 octobre 1569.

4. A, p. 23, 84, 147, 149; B, p. 39, etc.; C, p. 480. C'est à Besançon que lui a été suggérée l'idée d'une simplification de l'orthographe allemande, dont

sorte[1] et lui consacrera, de son vivant, un élogieux article
de ses *Icones virorum illustrium*. Au reste, Melissus s'est plu
au bord du Doubs et Boissard pourra écrire avec l'autorité de
son souvenir : « Haesit ibi per tres menses delectatus admo-
dum loci amoenitate et ciuium comitate[2] » ; et le poète nommera
l'antique cité avec cet accent familier et amical qu'il a pour
nos villes françaises :

> Patria Boissarti nemorosa, Vesontio prisca,
> Quam Dubis obliquo circinat unda pede...

C'est vraisemblablement à Besançon qu'il s'est lié avec
Goudimel, en qui il a aimé à la fois l'homme et l'artiste, et
avec qui il a étudié la mise en musique des *Psaumes* qu'il
commence pour l'Allemagne, sous l'influence et d'après l'avis
de ses coreligionnaires français. Il aura un jour bien des raisons de le pleurer et d'évoquer le deuil de la rivière natale
(*patrius fleuit amara Dubis*)[3] :

> Musicus in qua rex cecinit vatesque Jehouae,
> Lactis abundabat, melle fluebat humus.
> Fonteis inde sacros cum dulci Beza Maroto
> Gallica per venas duxit in arua nouas...

Il a rencontré, dans les mêmes milieux, les hommes les
plus divers et s'est trouvé renseigné de première main sur
tous ceux qui comptent, du côté de l'esprit, dans la Réforme
française. Il a connu leurs espérances et participé à leurs passions[4]. Lorsque paraîtra un des livres les plus importants de
ces heures de combat, le *Franco-Gallia* de François Hotman,
il sera tout préparé à en comprendre le dessein secret, comme
à y admirer l'éloquence de l'historien et du juriste. On lira

il s'est occupé pour réagir contre la *cacographia vulgaris* du temps (B, p. 185,
187).

1. On les retrouve en partie dans ses *Poemata* de Bâle, 1574, et de Metz,
1589.

2. *Icones...*, part. II, p. 89.

3. Cf. *Ad G. Schregelium*, A, p. 83 :
> « Montosam colo dum Vesontionem
> Ad Dubis liquidas strepentis undas... »

4. Pas à toutes ; jamais il n'a étendu sur Ronsard l'ombre d'un blâme.

avec intérêt la pièce adressée à l'auteur, alors sorti de France, du célèbre pamphlet sur la monarchie française :

In Franc. Hotomani

IURISCONSULTI FRANCOGALLIAM.

Qualis aut viridis nitet smaragdus,
Aut qualis rutilus micat pyropus
Gemmas inter et Indicos lapillos,
Talis iste tuus recens libellus,
Auro splendidus enitet micatque
Inter historicos meos libellos.
Meis nec minùs allubescit ille
Francis, quàm nequit haud placere Gallis,
Publicum patriae statum tueri
Feruidis, veterumque iura legum.

   Quas ex historiae scatente fonti
Ad incendia Galliae flagrantis
Restinguenda refers aquae sitellas,
Libertatis amator et patrone,
Num sint de nihilo? pares et alter
Quispiam studiosiore cura,
Item tertius urnulas ministret :
Sedatum dabitis furoris ignem.

   O si bella quiescerent Enyus [1],
Cruentissima bella turbulentae
Enyus, Hotomane, denuóque
Pax inuiseret arua Gallicana :
Flos priscae reuiresceret iuuentae,
Flos nouae reuiresceret senectae [2].

Toutes ces influences littéraires et morales de la France achèveront d'envelopper Melissus pendant le long temps qu'il

---

1. Enyo est un autre nom de Bellone.

2. A, p. 102. Ces vers de 1572 ne se retrouvent pas dans les *Schediasmata* de Paris. Ils ont été éliminés par prudence, puisqu'il y avait un privilège royal à obtenir. — Hotman s'est montré touché de ce beau témoignage; je le vois l'invoquer dans son invective contre Matharel : *Matagonis de Matagonibus ... aduersus Italogalliam siue Antifrancogalliam Antonii Matharelli Aluernogeni*, s. l., 1573. La pièce de Melissus y est citée à la p. 69 et ainsi introduite : « At ille [Hotomanus] ex omnibus partibus mundi infinitas congratulationis litteras accepit... Quinimo est quidam Poeta laureatus in Germania, et magni nominis, qui dicitur Paulus Melissus, qui plus scit in arte versificatoria, quam omnes tui Poetastrae, qui nesciunt adhuc suas quantitates... »

va passer à Genève. Il y habite de 1568 au commencement de 1571 et, bien que le milieu intellectuel soit international, c'est parmi les résidents français qu'il semble se plaire davantage. Il vit auprès de Théodore de Bèze et de Henri Estienne, et le *typographeion* du grand imprimeur n'a pas de visiteur plus assidu. Les lettres d'Estienne y révèlent sa présence, son amitié, ses conseils[1]. Il lui a confié la revision de ses Épigrammes grecques traduites en latin, où il a placé des pièces satiriques de son invention et qui lui vaudront de pénibles démêlés avec le Conseil de Genève[2]. Les vers de Melissus ne mentionnent point l'incident; mais ils sont remplis d'allusions à la carrière, aux voyages, aux entreprises de l'auteur du *Thesaurus* grec[3]. Il suit à l'Académie fondée par Calvin les cours de grec d'un maître vénérable et renommé, François Portus le Candiote[4]. Il a pour familier un jeune Français, qui continue à l'entretenir dans la lecture de nos poètes, échangeant avec lui vers français contre vers latins en d'aimables joutes littéraires[5]. C'est Pierre Énoc, fils de l'humaniste Louis Énoc, d'Issoudun, réfugié à Genève depuis vingt ans et qui y a été recteur de l'Académie. Le recueil d'*Opuscules poëtiques*

1. Lettres d'Estienne à Jean Crato : « Nec vero ignotum amare dici possum, quum Melissus, ille Musarum amor, tuos amabiles mores egregie mihi depinxerit, penicillo quidem certe ab illis tradito... E typographeio nostro, xv Apr. 1570. » — « Quum superioribus diebus inter Paulum Melissum et me sermo de rebus meis typographicis ortus esset et inter alia priuilegium me desiderare dixissem, quo me aduersus laborum meorum ac vigiliarum praedones tueri possem... » S. d. (Fr. Passow, *Opuscula academica*. Leipzig, 1835, p. 404, 434). — Le concert chez Estienne rappelé au début de cette étude est du mois de mai 1569.

2. L'imprimeur fut même emprisonné pour avoir imprimé ce recueil sans congé. Louis Clément a retrouvé la procédure et reconstitué cet épisode dans son excellent livre, *H. Estienne et son œuvre française*. Paris, 1898, p. 21 et suiv. et 469. On lit dans l'interrogatoire d'Estienne, le 9 février 1570 : « Interrogé à qui il en a communiqué, respond avec Monsieur Melissus, docteur de Vienne en Autriche, et ce à mesure que on les imprimoit, et luy a donné advis tochant la correction au regard de la poesie... »

3. A, p. 145, 146, 151, 159, 161; B, p. 169 et *passim*. Melissus retrouve Estienne à la foire de Francfort, dont l'imprimeur a écrit un éloge (A, p. 101).

4. A, p. 75, 85, 137, 138, 145, 155.

5. Deux sonnets sont échangés dans A, p. 153-154; mais il faut tenir compte de l'ode qui s'achève ainsi (A, p. 8) :

> « Neruos tende, manus pedesque firma,
> Animosque semigraecos
> Fortis simula, quibus resistas
> Equiti Latino.

que va publier le rimeur genevois doit s'orner, bien entendu,
de pièces liminaires de son ami[1] ; il lui enseigne, en attendant,
la pratique de notre prosodie et la facture de l'école ronsar-
dienne, alors tout à fait vulgarisée. Melissus se met à fabri-
quer des sonnets, avec la naïve maladresse de l'étranger qui
croit avoir produit un alexandrin s'il a bien compté les douze
syllabes[2]. On n'ajouterait rien à ses mérites de poète en citant
des vers comme ceux-ci, sur l'ordinaire thème amoureux :

> Le chef, sous qui soldat marchant tu tires gage,
> Tant les mains que les piés esclaves te retient,
> Ton cors et ton esprit captivement detient
> Et bourrelle ton cœur en ce rude servage...[3].

Parmi les Français que Melissus rencontre à Genève[4], où
circulent tant de lettrés, il faut mettre au premier rang
Joseph Scaliger, qui y est venu suivre les leçons de François
Portus et accroître cette culture universelle qui lui fait domi-
ner son siècle. Le fils de Jules-César était à Paris peu d'années auparavant ; il y a, lui aussi, fréquenté Dorat et les poètes
et rendu hommage à Ronsard[5]. C'est un vif et aimable compagnon, très digne que Melissus consacre ses plus charmants
hendécasyllabes à le distraire d'une fièvre et à convier les
Muses à le guérir. On lira avec plaisir ceux où il appelle Portus et leurs autres grands amis au secours du malade :

> Quod si, Porte, auus es paterque Beza,
> Si proles Stephanus nouem Sororum,
>
>> Ut bis, ter, Petre, Celticis ouatu
>> Potiare victor armis :
>> Plures mihi Teutona arma tandem
>> Parient triumphos. »

1. Ce petit volume a paru à Genève en 1572 (*Catal. J. de Rothschild*, t. IV,
p. 247). Il y a une épigramme de Bèze, deux de Melissus et une ode notée
mise en musique par Goudimel.

2. Plus d'un sonnet le montre en possession du moule de la Pléiade. Il en
a fait un sur le portrait de son ami Fr. d'Averly par H. Trarebach, peintre
de l'Électeur palatin dont il est souvent question dans ses recueils (B, p. 362).
Mais la maladresse est partout sensible.

3. La muse latine du poète célèbre avec une extrême abondance une Rosina,
que rien ne différencie des maîtresses poétiques de ses contemporains.

4. Boissard nomme parmi eux Pierre Pithou.

5. *Ronsard et l'humanisme*, p. 202-205.

> Quod si Scaliger est nepos Sororum,
> A quo doctior orta erit propago...[1].

Ce n'est pas le futur commentateur de textes antiques qui a trouvé de l'agrément à se lier avec Melissus, c'est ce poète latin, abondant et trop peu connu, de qui beaucoup de vers sont insérés dans les recueils que nous étudions. Il les a écrits pour se délasser de travaux plus graves, et l'on a quelque plaisir à les y rencontrer, lorsqu'on songe à ce que ce jeune humaniste deviendra dans la science[2]. Scaliger honore son ami de flatteuses attestations, qui lui sont retournées d'un accent sincère. C'est à lui que se trouvent dédiés, au retour en Allemagne, les premiers *Schediasmata* :

> Iosephe, arbiter utriusque linguae,
> Insignis Sophocleio cothurno,
> Scalanaeque decus perenne gentis,
> Speras nil nisi mel dari legendum
> In tritis Schediasmatωn libellis...
> ... Quae Scaligero meo placebunt
> Placebunt Latioque Graeciaeque.

Ce recueil de 1574 porte à la première page une autre dédicace d'une portée plus générale et qui semble bien révéla-

---

1. A, p. 186-188, élégie de Scaliger; p. 95-97, vers de Melissus, *Ad Fr. Portum Cretensem.*

2. Plusieurs de ces poèmes peuvent ajouter de précieux détails à une biographie qui reste à écrire. Voir, par exemple, l'échange de vers (dans A, p. 164-167) sur le séjour de Scaliger à Valence, auprès de Cujas. Scaliger écrit à son ami :

> « Caeleste pectus, cuius ex inexhaustae
> Mentis scatebris limpidissimae linguae
> Sermone dia vena lacteo manat,
> Melisse,...
> Postquam e procellis eque triplici fluctu
> Ciuilis aestus, delicatus et liber
> Excepit alma me Valentia portus;
> Ut iuris acri sancta me Themis cultu
> Artificis expoliret ungue Cuiaci... »

Melissus adresse aussi des vers au grand jurisconsulte (A, p. 103). Nous retrouverons Cujas et Scaliger dans la suite de cette étude.

trice de l'état d'esprit du poète allemand. Il l'adresse à ses confrères de l'Europe humaniste, *Italis, Gallis, Hispanis poetis*, et réclame assez modestement la part de sa patrie :

> Perfacile est vobis, cultissima turba, poetae,
> Iungere disparibus verba Latina modis :
> Sugitis immulso nutricis ab ubere, quae nos
> Vix bibimus brumis aure patente nouem...

S'il aspire, comme il le dit, à l'honneur de placer une quatrième étoile dans la constellation franconienne, qui compte déjà Celtes, Hutten et Lotich, Melissus s'est rendu compte, par ses premiers voyages, du peu de place que ses compatriotes, tant admirés chez eux, tiennent hors de leur pays. Il a vu que les nations latines sont beaucoup plus avancées que la sienne dans la Renaissance des lettres et, sans diminuer sa Germanie, où tant d'efforts méritoires se font pour rejoindre la France sur le chemin où les devança l'Italie, c'est au pays de Ronsard, d'Estienne et de Scaliger qu'il accorde hardiment ses préférences intellectuelles.

Parmi les voyages de Melissus qui précédèrent son second séjour à Paris, il n'est pas possible de passer sous silence celui d'Italie, qu'il fit de 1577 à 1580. Beaucoup de ses amis, notamment Jean Posthius, l'y avaient précédé, et le désir de s'y rendre ne pouvait qu'être fort excité par les récits de tant d'étudiants allemands qui se pressaient, comme les nôtres, dans les fameuses universités de la péninsule. Il était sûr de trouver là en abondance les conversations profitables à son esprit et ces relations avec des savants renommés qu'il se plaisait par-dessus tout à rechercher. Les œuvres de l'art et l'antiquité monumentale elle-même ne l'ont pas beaucoup occupé pendant ce voyage. Même à Rome, où nous voulons le suivre, c'est le lettré seulement, l'homme de plume et de curiosité livresque, qu'on trouve en action. Par ce côté du moins, il apporte en lui toutes les dispositions d'esprit d'un homme de la Renaissance. Son ode *Ad Romam* résume assez bien les impressions qu'éprouvait le transalpin cultivé, lorsqu'il franchissait la Porte du Peuple en évoquant les grandes

mémoires. Il faut, pour trouver chez nous un poète humaniste qui le surpasse, penser au Du Bellay des *Poemata* :

> Urbs septicolli vertice prominens,
> Antiquiorum patria Caesarum,
>   Regumque sedes consulumque,
>   Roma, bonis mihi conspicandam
>   Des age te auspiciis hospiti nouo...
> Iam poene confectum est iter arduum
> Mulâque Tuscâ Flaminiam tero.
>   O prima salue porta, salue
>   Pons Tiberi propior secundo[1] !
>   Tuque adeò mihi salue scatentibus
> Perenne lymphis Virgineus liquor,
> Sacer Camenis! I puer, ocyus
>   Hauri. Falerno Massicove
>   Gratior haec mihi aqua est bibenti.
>   Quis Genius veterum protinus meis
> Se sponte fibris insinuauerit,
> Ut Vaticani montis imaginem
>   Captare, Auentinique felix
>   Augurium, Capitoliumque
>   Visere Iustitiae debitum queam?
> Rectâ Palatinum inde sequar latus,
> Dein Exquilinum non sine Coelii
>   Curuo Quirinalisque dorso,
>   Post medii iuga Viminalis.
>   Ianiculus mihi monstrabit insulam
> Longi figurâ nauigii. Dehinc
> Spectare longé exstantia gestiam
>   Theatra et arcûs et colossos,
>   Fánaque prisca, frequentibusque
>   Ruderibus sola passim rigentia.
> Lustrabo campi iugera Martii
> Circosque vastos cum penetralibus
>   Thermarum, aquaeductusque ruptos,
>   Pyramidesque polo minantes,
>   Ac veteres obeliscos, simul suis
> Insculpta signis celsa palatia...

1. On reconnaît ici Primaporta et le *Ponte Molle*, plus loin le nom de
l'Acqua Vergine.

Cui non placerent Itala marmora[1] ?
Quem non hiantem conspiciet tuum,
  Auguste, Mausoleon? et non
  Pantheon, aut vetus Hadriani
    Attonito prope reddet parem rigens
Moles[2] ?...

Melissus se retrouvait à Rome, par suite de circonstances particulières, dans un milieu en partie français, dont il a longuement et affectueusement parlé. Ses premiers contacts avec la Pléiade et les souvenirs qu'il gardait de Paris auraient suffi sans doute à lui faire rechercher la compagnie de Marc-Antoine de Muret. Ce fut, en effet, le Romain qu'il fréquenta avec la plus grande intimité et pour qui il a multiplié les dédicaces de ses odes. Il parle avec une admiration tout à fait sincère de l'ancien commentateur des *Amours* de Ronsard, devenu le plus réputé professeur de l'Université romaine, et qui n'eut jamais à se plaindre d'avoir quitté une patrie où les jalousies ne lui manquaient pas, pour se faire adopter dans la « patrie commune » des esprits. La très noble carrière de Muret et les services qu'il a rendus aux lettres anciennes font honneur au nom français au delà des Alpes. Bien qu'il n'ait figure que d'humaniste dans cette réunion de savants considérables, historiens, archéologues ou juristes, dont les travaux surent appuyer la contre-réforme du Concile de Trente, notre compatriote ne fut pas sans ajouter quelque lustre à la vie intellectuelle de Rome sous Grégoire XIII et Sixte-Quint. Melissus a fort bien marqué cette place éminente et, s'il a célébré d'autres érudits et d'autres poètes, c'est avec l'humaniste limousin qu'il a vécu davantage.

Il ne sépare pas de Muret l'ambassadeur du roi de France, que ses importantes fonctions n'empêchent point de tenir sa place parmi les lettrés. Louis Chasteigner de La Roche-Pozay, seigneur d'Abain, le « M. d'Abein, jantil homme studieus » du *Voyage* de Montaigne, mériterait d'être mis en belle lumière parmi les ambassadeurs amis des lettres que la

1. Le poète vient de parler, très brièvement, des colosses du Quirinal, qu'on attribuait à Phidias et à Praxitèle. Il fait plus loin allusion aux bas-reliefs de l'arc de Titus. C'est tout ce qu'il accorde aux monuments figurés.
2. C, p. 278-280.

France de ce siècle réserva à l'Italie[1]. Élève particulier de Jean Dorat, qui avait passé quelque temps en Poitou au château de la famille, frère de deux amis de jeunesse de Ronsard, D'Abain se tenait au courant de toutes les nouveautés littéraires de son pays et ne cessait point de pratiquer les bonnes études. Muret lui-même lui servait de répétiteur, et l'on est informé de leurs lectures communes de la *Politique* et de l'*Éthique* d'Aristote[2]. Un beau sonnet que lui dédie un Poitevin, Scévole de Sainte-Marthe, rappelle cette intimité et le renom que de tels habitants de Rome donnaient à leur province natale. La pièce étant fort peu connue et ces souvenirs ayant contribué plus tard à lier Melissus avec Sainte-Marthe, il est permis de mettre ces vers sous les yeux du lecteur :

> Cependant que bien loin de nos terres mutines
> > Avec le grand Muret vous passez vostre temps,
> > Après avoir traitté d'affaires importants,
> > Ambassadeur du Roy sur les rives Latines ;
> Vos campagnes d'Abin, vos Nymphes Poitevines,
> > Nostre docte la Scale et le docte Guersens,
> > Et nous tous à regret loin de vous languissans
> > Desirons le retour de vos graces divines.
> Cent fois le jour me vient un desir de quitter
> > Païs, parens, amis, et aller visiter
> > Les singularitez de la belle Italie ;
> Non pour voir ses palais ny ses vieux monumens,
> > Mais Abin et Muret, ses plus grands ornemens
> > Qui de France venus la rendent embellie[3].

De solennelles dédicaces de Melissus *Ad Ludouicum Castanaeum Rupipozaeum Regis Franciae ad P. M. oratorem*, de nombreuses mentions éparses dans son recueil témoignent de la façon flatteuse dont le futur bibliothécaire de l'Électeur palatin fut reçu chez l'ambassadeur de Henri III. Le poète sacrifia le projet qu'il avait fait d'aller voir Naples aux plaisirs de cette réception, à l'intérêt de ces savants colloques et à l'honneur de réciter de temps en temps ses vers à ce

---

1. On trouve indiqué ce genre de mérite dans l'*Histoire généalogique de la maison de Chasteigner*, par André Du Chesne. Paris, 1634, p. 360 et suiv.

2. Cf. *Ronsard et l'humanisme*, p. 234.

3. *Les Œuvres de Scévole de Sainte-Marthe*. Paris, 1579, fol. 158.

grand personnage. Il ne paraît pas le regretter, si l'on en juge
par l'ode suivante, où est supprimé seulement un développement sur les inconvénients de la mauvaise saison :

Ulterius Romam mulo vectandus Etrusco[1],
Parabam iter Neapolim,
Cum mihi nescio quis
Seu Genius seu Numen ait : Quo tendis, alumne
Cyllenii, dum sordidis
Omnia plena madent
Imbribus ac nebulis?.....
Quantis adauctus amnibus
Se Tiberis superat
Ipse, vagoque procul planguntur litora fluctu?
Romae manere tutius,
Ausoniamque fide
Lesboâ tentare chelyn, quam compositâ aure
Muretus arbiter chori
Pierii bibat, et
Postmodo, si placeas, non abspernabile docti
Sub Castanaei segregem
Iudicium referat.
Tempus erit, Gallis iterum cum redditus oris
Et hunc et illum concines
Pluribus in numerum
Aptis carminibus. Praeclarior illa probarit
Clarissimi gnatus patris
Scaliger. Hinc liquidus
Sequana cum Ligeri, Rhodanusque celerque Garumna,
Amnes, quibus nil dulcius
Oceanumque senem et
Nerea degustasse ferunt; tibi non sine plausu
Nympharum et ulnis obuiis
Sustulerint pariter
Cornua laeta, nouum decus ilicet imperitantes.
— Sic admonebar. Parui.
Fessus eram antè viae.
Quid potui melius? Frugi non ulla putandum,
Murete, ni morem bonis
Gessero consiliis[2].

1. Nous venons de voir une mule toscane amener à Rome le voyageur.
2. C. p. 283-285.

Dans ces conversations littéraires si précieuses à notre poète, Ronsard ni la poésie française ne sont oubliés[1]. C'est pour lui déjà une joie de projeter son retour « sur les rivages de France ». Il rappelle sans cesse le nom de Joseph Scaliger, car il n'a pas eu, auprès de l'ambassadeur de France, d'autre introducteur que ce vieil ami de Genève, familier de tout temps des Chasteigner de La Roche-Pozay et qui a passé de longs moments de sa vie dans leur château du Poitou. Il est lui-même venu à Rome, deux années de suite, chez M. d'Abain, dont il se dit un peu parent par sa mère et qui a pour lui, comme tous les siens, un culte véritable[2]. Ses allusions à ces visites romaines montrent à la fois son affection pour l'ambassadeur et sa liaison avec Muret, dont il fut à ce moment l'inséparable compagnon. Il s'est fait, il est vrai, l'écho des calomnies qui couraient sur le compte du professeur français, dans ces propos désordonnés et parfois suspects qui forment les *Scaligerana secunda*, et il a toujours déploré, avec son propre esprit de parti, celui qu'il jugeait « loyolite » chez Muret et ses accointances avec les Jésuites ; il a du moins rendu à ses talents un hommage éclatant, qui les honore tous deux[3].

1. Malgré sa longue séparation de ses camarades de jeunesse, Muret restait fidèle à Ronsard. Lorsque M. d'Abain quitte Rome en 1581 pour rentrer en France, il lui écrit : « Je vous supplie, quand vous verrez M. d'Aurat, que vous lui fassiez foy que je l'ayme et honore à bon escient, et de mesme à M. Cujas, à M. de la Scale, au grand Monsieur de Ronsard, ἐνὶ λόγῳ à tout le chœur des Muses ; encore que le seul nom de Ronsard embrasse toutes les Muses et toutes les Grâces qui furent onques au monde » (Du Chesne, *loc. cit.*, p. 382). On voit que Melissus trouvait à qui parler.

2. Jacob Bernays, un peu court sur les séjours à Rome et insuffisamment informé sur Muret, n'a cependant point oublié le rôle du personnage dans la vie de Scaliger (*Joseph-Justus Scaliger*. Berlin, 1855, p. 129 et suiv.). On consultera aussi les *Lettres françaises* du recueil Tamizey de Larroque, cité plus loin, et Gust. Cohen, *Écrivains français en Hollande*. Paris, 1921.

3. Voir les passages : « Pauci sunt in mundo Mureti... » et « C'estoit un tres grand homme que Muret... », dans les deux *Scaligerana* (Amsterdam, 1740, t. II, p. 126, 172, 464-466). Il y a un court récit d'une visite à la Bibliothèque Vaticane, où Scaliger accompagne M. et Mme d'Abain : « Muret les mena et moi aussi... Il y a ... en l'autre [chambre] des tableaux des hérétiques, et Mme d'Abain demanda à Muret de qui estoit le tableau de Luther. Il dit de Luther, et elle dit qu'il lui ressembloit fort. Il ne vouloit pas lui ressembler et disoit : « Parce que je suis gros, vous dites que je lui res-« semble. » (La suite du propos ne se rapporte pas à l'ambassadeur, mais à son fils, né à Tivoli.)

Celui de notre poète ne compte guère à côté du sien ; il vaut
cependant de n'être pas oublié[1].

Une sympathie réelle, née d'une même façon d'aimer les
lettres, exista entre Melissus et Muret. Malgré tout ce qui
pouvait les séparer, cet Allemand et ce Français réunis à
Rome ont vécu quelque temps d'une vie commune de l'esprit.
Revenu de bien des erreurs, Muret venait depuis peu de se
faire prêtre[2]. Il subissait l'attrait des mœurs nouvelles qui
s'imposaient autour de lui ; elles purifiaient la ville de mainte
trace de ce paganisme qui avait fait l'éclat et le danger de
sa Renaissance. Par une coïncidence malheureuse, on y
apprenait beaucoup moins de grec et le pur humanisme péri-
clitait au bénéfice des sciences d'érudition. Muret, qui le
déplorait et souffrait aussi de la turbulence des écoliers de la
Sapienza, restait fidèle aux vieilles disciplines. Il lui arrivait
de pratiquer encore, parfois sous une inspiration sacrée, la
poésie lyrique latine dans laquelle il avait, au temps de ses
Juuenilia, cherché sa première gloire[3]. Melissus croyait lui
être agréable en lui réservant ses mètres les plus rares et ses
meilleurs exercices de virtuosité[4]. Il tenait même à briller à
ses yeux comme musicien, puisqu'il lui envoyait un jour la
musique d'une chanson à cinq voix (*Ad M. Ant. Muretum
cum mitteret ei cantionem quinque vocum, cuius initium* Nym-
pha[5]). Nous le verrons encore, à Paris, rappeler cette intimité
romaine, dont il n'y a pas la moindre mention dans la correspondance de Muret. Celui-ci a veillé, il est vrai, à ne pas lais-
ser de traces imprimées de ses relations cordiales avec des
hérétiques. Le bon Melissus, qui n'a pas les mêmes raisons
de se taire, l'a célébré au contraire sans réticence dans ces

---

1. Ch. Dejob, dans un livre où la partie biographique est délibérément
écourtée (*Marc-Antoine Muret*. Paris, 1881), ne nomme pas une seule fois
Melissus.

2. Cf. Dejob, *loc. cit.*, p. 288. Muret cesse d'enseigner en 1584 et meurt en
1585.

3. On trouvera les poèmes de Muret postérieurs aux *Juuenilia* à la fin du
tome I des *Opera omnia*, éd. D. Ruhnken. Leyde, 1789. J'ai indiqué des vers
manuscrits et publié une ode inédite à Alberto Lollio, de Ferrare, dans *La
Bibliothèque d'un humaniste au XVIe siècle*. Rome, 1883, p. 25 et 39.

4. C, p. 16 (ode pindarique), 283, 309, 318, 335, 344 ; C, III, p. 224, 233, 307.

5. C, p. 326.

odes romaines, où le flot d'un lyrisme débordant nous apporte
plus d'un renseignement biographique :

Amice Gratiis,
    Amicior Camenis,
    Amicissime Phoebo
    MURETE, quid tuum melismata
    Poscis Melissum,
Sonante cui lyrâ
    Quaterna vix in anno
    Restant cóndita toto?
    In rebus aliis occupatior
    Indiligentem
Musis, ut adsolet,
    Nauasse mente curam
    Remissâ fateor...
At interim tibi
    Grates agam necesse est,
    Haud indigna typorum
    Quod arbitrare nostra carmina
    Eisque docti
Paras Manutii,
    Tanquam alteram parentem,
    Nixu conciliare
    Pulchro officinam[1]. Fungitur tuo
    Iam, Marce, suasu
Minerua sedulae
    Vicem obses obstetricis,
    Lucinaeque leuamen
    Implorat...
    ... Usque et usque uiuite et
    Diu placete
Fetûs tenerrimi!
    Diu placete Francis
    Francae pignora mentis...

1. L'obligeante intervention de Muret auprès du fils de Paul Manuce est
précisée dans une lettre de Melissus à Vettori, écrite de Sienne : « ... Muretus hoc in genere [Melos] me *felicem* nominat, et simul *audacem*. Tu per-
leges et iudicabis. Idem se ad Manutium, modo velim, coram adfirmauit
scripturum de poematibus meis, quae Germania ante annos quinque primum
vidit, iterum excudendis. Exemplarium penuria est... Datae Senis xix Kal.
Ianuarii » (A.-M. Bandini, *Clar. Italorum et Germanorum epistolae ad Petrum
Victorium*. Florence, 1758-1760, t. III, p. 230).

        Si vos adoptat Urbs
            Et ciuitate donat,
            Muretusque disertim
            Probat, vel inter Barbaros mori
            Patrem iuuabit[1].

Le poète n'est-il pas de ceux qui veulent arracher le maître illustre à cette Rome qui accapare son enseignement? Ne joint-il pas ses vœux et ceux de ses compatriotes à l'appel qu'Étienne Bathory, roi de Pologne, adresse à Muret au nom de la nouvelle Académie de Cracovie[2]? On sait qu'au cours de l'année 1578 Muret eut à repousser à la fois les propositions de l'Université de Padoue et les offres munificentes de ce royaume lointain, qu'il tenait en grande estime et où il comptait des anciens élèves assez nombreux[3]. Melissus ne pouvait pas ne pas songer que sa chère Allemagne aurait bénéficié du voisinage de son ami, s'il eût accueilli la demande des Polonais :

    Siccine luminibus negaris Teutonum,
        Murete, tuos, prae cunctis optime, vultûs
        Auida expetentum mente? Siccine te Pontifex
        Aureâ Romae nec inuidenda compede
    Detinet, ne dimouendus venias loco? at tibi
        Longè plura promisisse dona, diuites quam Veneti,
    Battorides Stephanus perhibetur, Sarmatiae rex
        Praestans atque doctus iuxta. Age, numquid opulens
    Potuit ille amplis rebus obtinuisse? Thybrim
        Vistula certet prouocare, quem pertinacem
        Potis Brenta nondum sit exorare[4]?...

L'ancien compagnon de Ronsard avait appartenu à la maison du cardinal Hippolyte d'Este jusqu'à la mort de celui-ci. Le palais d'Este et la villa de Tivoli étaient des points de ralliement pour le parti français et les lettrés qui s'y rattachaient. Un autre groupe intellectuel, longtemps rival[5],

---

1. C, p. 318-320.
2. Cf. Ch. Dejob, *loc. cit.*, p. 308-314.
3. J'ai cru pouvoir ajouter à ces élèves l'illustre Jan Kochanowski lui-même (*Ronsard et l'humanisme*, p. 207).
4. *Ad M. A. Muretum Aquitanum*, C, p. 16.
5. Scaliger a été bien informé de la rivalité du cardinal Farnèse et du car-

l'emportait désormais dans Rome. C'était celui que réunissait autour de lui le cardinal Alexandre Farnèse, vice-chancelier de l'Église. Le palais Farnèse, dont la construction grandiose touchait à sa fin, recevait l'élite savante des fameuses commissions pontificales, appliquées alors à renouveler les études de droit canon et d'histoire ecclésiastique. Mais cette société comptait aussi de simples humanistes et des poètes, comme le vieux Lorenzo Gambara, de Brescia, chantre latin de Christophe Colomb, ou des savants plus spécialement voués aux recherches de l'antiquité profane, comme le bibliothécaire de la maison Farnèse, Fulvio Orsini. Ces deux hommes, que Posthius avait particulièrement fréquentés pendant son séjour à Rome[1], accueillirent Melissus en souvenir de lui.

Orsini surtout lui fut serviable. Il possédait seul toute la science alors acquise sur l'ancienne Rome. Collectionneur infatigable de manuscrits, d'inscriptions, de médailles et de pierres gravées, expert en épigraphie et initiateur véritable des recherches iconographiques, il aimait offrir aux études des ressources nouvelles et des champs inexplorés[2]. Devenu célèbre en Europe dès la publication de son *Virgilius illustratus* chez Christophe Plantin, en 1567, il était une sorte de providence pour tout savant étranger qui venait à Rome; après lui avoir ouvert ses collections personnelles et celles dont il avait la garde au palais Farnèse, il mettait à son service la grande influence dont il disposait[3]. Melissus l'en a remercié, pour sa part, par deux odes, dont l'une contient quelque allusion aux occupations favorites du grand antiquaire :

> Tanti scilicet aestimas,
> O Vrsine, meae ludicra tibiae,

dinal de Ferrare (*Scaligerana*, éd. cit., t. II, p. 326-329). Il dit du neveu de celui-ci : « Haereditate accepit auunculi bona et debita, Muretum simul, qui erat in ipsius familia. »

1. Voir les *Italica*, dans *Ioan. Posthii Germershemii archiatri Wirzeburgici parerga poetica*. Wurzbourg, 1580.

2. Outre *La Bibliothèque de Fulvio Orsini*, ouvrage paru en 1887, on consulte sur ce personnage : Nolhac, *Les Collections d'antiquités de F. Orsini*. Rome, 1884 (extrait des *Mélanges* de l'École française de Rome).

3. Boissard écrit sur Orsini, dans sa vie de Posthius : « ... qui peregrinum neminem litteratum a se dimittere solitus est, quin de eo benemereri stu-

> Illis inter ut intimos
>   Thesauri loculo des spatium? Nouum est,
> Antiquis specimen recens
>   Aequare.....
>   Fului, tu secus ex pectore iudicas
> Edocto sapientius
>   Moliri trutinam; nam neque Barbaros
> Laudas, nec Latiae lyrae
>   Culpas harmoniam; gemmea vitreis
> Lynceus, aureaque aeneis,
>   Et quae differitas sit fidis ac tubae,
> Internoscere callidus[1].

Scaliger écrit à Claude Dupuy que notre voyageur vient de découvrir en Italie un nouvel érudit : « Paulus Melissus m'a envoié de Venize les *Notae in Fastos Ouidii* d'un Hercules Ciofanus; il n'est pas homme de grand esprit, mais encores son labeur sera pris en bonne part pour les *variae lectiones*[2]. » Cet Ercole Ciofano, pour lequel le poète s'est pris d'amitié, croit devoir se consacrer à l'étude d'Ovide, parce qu'il est

---

ducrit. » Ce mot et les poèmes de Melissus sont à ajouter aux témoignages recueillis dans *La Bibliothèque de Fulvio Orsini.*

1. C, p. 313. Cf. p. 300 (*Ad Fuluium Ursinum ciuem Romanum*) :

> « Antiquitatis cum Latiae
> Tum Graiae simul, VRSINE Fului,
> Indagator sagacissime... »

Quelques années plus tard, Melissus se rappelait un souvenir d'Orsini et essayait de nouer avec lui une correspondance régulière. Sa lettre, conservée par celui-ci (Bibl. Vaticane, *Vat. lat.* 4103, fol. 100), porte pour adresse : *S. D. Fuluio Ursino viro eruditissimo. Romae, in Pa[[atio]] Farnesii.* Melissus félicite Orsini de ses *Notae in Ciceronem* reçues de Plantin, qui vient de les publier; il espère voir bientôt paraître les corrections sur Nonius Marcellus, dont le savant romain lui a montré le manuscrit; il voudrait avoir la liste complète de ses ouvrages et surtout recevoir des lettres de lui (« Summum insuper abs te beneficium accepisse praedicauero, si litteris ad me tuis in Germaniam viam aditumque non intercluseris; quod quidem, si me amas, uti spero, non inuitus facies »). La lettre, écrite de Nuremberg en mars 1582, évoque ainsi les amis communs : « L. Gambaram, si adhuc superstes est, amanter salutabis; sin vixit, manibus illius placidam quietem precaberis. Io. Posthius, episcopi Wirzeburgici medicus et poeta insignis, et te et illum plurima impertitur salute. »

2. *Lettres françaises inédites de Jos. Scaliger*, publiées par Tamizey de Larroque. Agen et Paris, 1881, p. 110. La lettre est écrite de Jussy, près de Bourges, le 7 juillet 1580.

né, comme lui, à Sulmona. Melissus ne manque pas de lui
rappeler cette obligation dans les pièces nombreuses qu'il
lui dédie. Il l'a beaucoup fréquenté à Rome et lui sait un
gré particulier de ses bons offices auprès du cardinal Sirleto[1]. Le bibliothécaire de la Sainte-Église est le seul cardinal que l'Allemand nomme avec enthousiasme. Déjà Henri
Estienne avait été par lui bien reçu[2]. Ses mérites éminents
envers les lettres, ainsi que les facilités qu'il aimait donner
aux savants pour travailler sur les manuscrits du pape,
expliquent assez la popularité dont il a joui parmi eux.
Melissus le rencontra plus d'une fois, car il a beaucoup fréquenté la Vaticane : « Quotidianus erat in Bibliotheca Vaticana », dira Boissard. Il a composé aussi une ode pindarique
pour Grégoire XIII, au nom de ses compatriotes de l'Université de Bologne (*Ad Hugonem Boncompagnium, Grego-
rium XIII P. M., in gratiam Germanicae nationis, quae erat
Bononiae, anno 1579*[3]). On y voit à quel point le poète allemand
est respectueux de toutes les dignités et de tous les pouvoirs
établis. Remarquons, en même temps, qu'il a reçu dans les
milieux romains qu'il se plaît à décrire, tant ecclésiastiques
que laïques, un accueil obligeant et libéral, ce qui ne laisse
pas d'étonner, à cette date, pour un étranger dont la doctrine
religieuse est celle de la Réforme[4].

Son cœur sincère et ses manières aimables l'aidèrent assurément à se faire ouvrir plus d'une porte difficile. Il était
venu, d'ailleurs, bien muni de recommandations utiles. On les
devine par l'ode d'arrivée *Ad Romam*, dont le lecteur a déjà
rencontré quelques strophes. Après avoir parlé de Carlo

---

1. Voir notamment C, p. 317. Sur Sirleto, le lecteur français peut consulter le livre de Ch. Dejob, *De l'influence du Concile de Trente sur la littérature et les beaux-arts chez les peuples catholiques*. Paris, 1884, p. 353 et suiv.;
mais quelle bibliographie abondante ne pourrait-on pas réunir autour d'un
tel personnage!

2. « Romae coniunctissime vixit cum Guilielmo Sirleto, qui ipsum exem-
plari Athenagorae de carnis resurrectione donauit » (*Th. Janssonii ab Alme-
loveen De vitis Stephanorum*. Amsterdam, 1683, p. 64).

3. C, p. 55.

4. Le voyage même de Melissus à Rome est un peu surprenant. Il ne
semble pas qu'un réformé français de cette époque pût se proposer le séjour
dans « la nouvelle Babylone », et je n'en vois point qui l'ait accompli.

Sigonio, le grand professeur bolonais, dont un voyage à
Rome doit coïncider avec son séjour[1] et que Sambucus a bien
disposé pour lui, après avoir nommé aussi Muret et Pietro
Angeli da Barga, auteur d'une *Syrias* fort admirée, qui
chante la première croisade et vaut à l'auteur le renom de
prince des poètes épiques en langue latine[2], le nouveau venu
énumère d'autres hommes illustres dont il espère obtenir les
bonnes grâces :

> An non benignum se quoque Fuluius
>   Praestaret Vrsinus, Latino
>   Eloquio teres atque Graio?
>   Tu quoque docte, quater vicies recens
> Auctumnus ortus cui senio graues
> Maturat annos, Gambara, lucidos
>   Praebebis adspectûs Melisso[3];
>   Qualibus antè duas nitere
>   Visus olympiadas Posthio meo.
> Te litterarum denique vindicem,
> Stati[4], poëtarum eximium decus,
>   Non insalutatum relinquam,
>   Lotichii socium; neque ipsi
>   Abnuam amicitiae ius Ciofano.
> Saluete quotquot Roma viros alit
> Musis amicos. O ter et amplius
>   Beate grex, cui prompta gazam
>   Bibliotheca aperit vetustam!
>   Nos procul hinc Alemanno sub aethere
> Tantis caremus sepositi bonis :
> Vos pleno in horto delicias meras
>   Fructûsque, nos extra relictas
>   Quisquilias legimusque fungos.
>   Fontem Itali bibitis, Teuto riuulum.
> Vobis disertis esse dedit locus;

1. *In iter Romanum Caroli Sigonii.* C, p. 294-297.
2. C, p. 20, 30. Notre humaniste ignore, bien entendu, qu'un poète italien
nommé Tasso vient d'achever à ce moment même une *Gerusalemme liberata.*
3. Cf. C, p. 303 (*Ad Laurentium Gambaram Brixianum*).
4. Cf. C, p. 305 (*Ad Achillem Statium Lusitanum*). Melissus s'est lié aussi
à Rome avec le Portugais Achille Estaço, qui lui a donné, en échange de ses
poèmes, quelques vers liminaires pour les *Schediasmata.*

Infantiae nos arguit. Attamen
    Quidquid Latini possidemus
    Nominis, id populis remotis
    Roma potens feret heredio datum[1].

Cette part d'héritage de Rome, qu'un Gœthe viendra réclamer un jour et qu'on ne saurait refuser aux provinces du Rhin,
Paul Melissus déjà la sollicite. Il formule en pleine conscience
le vœu obscur de sa race. Au reste, l'Italie tout entière sert à
l'enrichissement de son esprit. Il réside quelque temps dans
plusieurs de ses villes, assez pour en goûter le charme et en
connaître les usages. Je transcris, pour abréger, le résumé de
son voyage qu'un biographe ami a presque écrit sous sa
dictée :

In Italiam ... iter adornauit anno 1577, ibique haesit non uno in
loco usque per aestatem 1580. Patauii biennium fere commoratus
audiuit Tiberium Decianum, Ioannem Cephalum et Ioannem Meno-
chium iurisconsultos, Riccobonum oratorem, etc. Cumque Italiae
amoenitate mirum in modum delectaretur statuit, quantum fieri
posset, illustres illas urbes Lombardiae, Insubrum, Liguriae, Hetru-
riae et aliarum regionum exactius perlustrare. Romae quotidianus
erat in Bibliotheca Vaticana, ibidemque Marcum Antonium Muretum, Achillem Statium, Petrum Angelium Bargaeum, Fuluium
Ursinum, Herculem Cosmum [Ciofanum ?] saepius conuenit! Floren-
tiae Petrum Victorium, Bononiae et Romae Carolum Sigonium, a
quibus omnibus extant epistolae ad Melissum quam humanissime
scriptae. Senae Hetruscorum annum integrum vixit, ab Alexandro
Piccolominaeo viro in Graecis et Latinis literis eruditissimo aliquoties
inuitatus[2]. Anno 1579, cum rediisset Patauium, creatus est 10 Kal.
Nou. solenni actu Comes palatinus, Eques auratus et Ciuis Romanus... ex priuilegio Car. IV Rom. Imp.[3].

Deux figures de maîtres dominaient alors en Italie le monde
de l'érudition. A Piero Vettori comme à Carlo Sigonio, Melis-

----

1. C, p. 281. C'est la fin de l'ode.
2. Voir l'ode *Ad Piccolominios* sur la mort d'Alessandro Piccolomini, arche-
vêque de Sienne (C, p. 332).
3. Boissard, *Icones*, t. II, p. 90. Du passage à Vérone, nous avons comme
témoignage l'ode *Ad Ioannem Warmundum Scaligerum, Veronae et Vicetiae
dominum*, suivie immédiatement d'une autre *Ad Iosephum Scaligerum Iulii
Caesaris f.* (C, p. 116-120).

sus est allé rendre hommage dans sa propre ville[1]. Il a vu à Florence, entouré du respect de tous, le vénérable commentateur de Cicéron et d'Aristote, dont les *Variae lectiones*, plusieurs fois réimprimées, courent l'Europe comme des modèles de critique fine et savante. Patriarche de l'humanisme, il joint aux grâces aimables des Cicéroniens du temps de Bembo les qualités de méthode et de précision qui font le mérite des philologues de la seconde moitié du siècle. Parmi ses travaux, cet héritier des Politien et des Ruccellai n'a point dédaigné la langue nationale, les « muses d'Étrurie », comme il aime à dire ; on lui doit un *Trattato degli ulivi*, qui demeurera parmi les *testi di lingua*. Ses compatriotes, fiers de lui, frappent des médailles en son honneur. Tel est l'homme à qui Melissus a dédié deux de ses odes pindariques et trois autres dans les rythmes horatiens. Il y salue par de belles images cette vigoureuse vieillesse et fixe en quelques vers l'admiration que lui a causée l'intérieur du palais florentin, où l'ancien gonfalonier de la République achève une carrière pleine d'honneurs :

> ... Satisne bellè te tuus excipit.
> Arnus senescentem? satisne
> Pro meritis tibi suauiatur
> Albi capillos patria verticis,
> Flos oppidorum ditis Hetruriae?
> Nae dignus es, cui magnus ille
> Plurima (namque merere) Tuscûm
> Dux liberali munera praemio
> Dilargiatur; qualia nec tibi
> Super iugandis defuisse
> Neptibus antè, nec abfutura
> Posthac ouanti nouimus. En parat
> Formosa Nice palmiferâ manu
> Currum triumphalem, decoris
> Textilibusque tapetibusque
> Instratum, et albis rite iugalibus
> Praesignem[2]...

1. Puis-je rappeler, parmi mes publications romaines, les dossiers réunis sous ce titre : *Piero Vettori et Carlo Sigonio; correspondance avec Fulvio Orsini*. Rome, impr. du Vatican, 1889 (extrait des *Studi e documenti di storia e diritto*)?

2. C, p. 285.

Bologne s'enorgueillit de la présence du laborieux Sigonio, qui a professé successivement dans plusieurs chaires, à
Modène, à Venise, à Padoue, avant de se fixer plus longuement dans la ville où son enseignement répand tant d'éclat.
Ses loisirs sont occupés à préparer de grandes œuvres his-
toriques. Comme Scaliger, l'antiquité tout entière l'attire;
s'il a une préférence, c'est pour les études d'ensemble, pour
les problèmes de la chronologie ou des institutions de Rome
et d'Athènes. Ces travaux arides et méritoires l'ont fait
s'écrier un jour, non sans orgueil : « Je vois tout le monde
écrire des *Variae lectiones*, ce qui équivaut à dire *quicquid in
buccam;* mais se prendre à un sujet où les anciens ne nous
guident pas, le traiter méthodiquement et à fond, voilà le travail d'Hercule, l'œuvre de Charlemagne[1]! » Quand il s'attaque
au moyen âge, il y met la même ardeur, le même esprit de
suite qu'à ses recherches sur l'antiquité; le premier, il
dépouille les archives, déchiffre les diplômes, se plonge dans
le latin barbare des chroniques. Il y a déjà en lui la patience
du compilateur et la méthode de l'historien, qu'on retrouvera
en Muratori son compatriote et son biographe.

Melissus a vu Sigonio sur son champ de travail, au milieu
de ses livres. Nous y gagnons, dans un poème écrit plus
tard à Paris, à la veille de la mort du maître, cette description
d'une bibliothèque de savant de la Renaissance :

> Nunquamne de te, siue labor diem,
> Seu cura noctem continuam trahat,
>   Possum, SIGONI, cogitare
>   Quin tua Bibliotheca, doctis
> Refercta libris, mi veniat simul
> In mentem, et ipsos ante oculos quasi
>   (Monstrata ut exstabat videnti)
>   Conspiciatur adhuc eorum
> Redacta certum classis in ordinem?
> Nimirum id effectum est monitis tuis
>   Dulcique lingua, quae iubebat,
>   Ne, quoties meminisse amico
> Tui luberet, quâ mihi cumque humo
> Foret manendum, gaza libraria
>   Obliuioni traderetur.

1. Lettre à Orsini, du 9 janvier 1567 (p. 56 du recueil ci-dessus).

Quinque recordor abisse messes,
Ex quo supremum pulchra Bononia
Nobis relicta est; quae tibi commodum
      Multos per annos prompta sedem
      Praebet, et eximias per artes
Erecta, nomen nosse celebrius
Totam per Europam ingeniosa te
      Scriptore gestit luculento,
      Historias melioris aeui
Mersas tenebris veraque tempora
Prodente in auras, non sine Romulae
      Splendore linguae, propriique
      Vindice laude adeò nitoris.
O ter beatum, terque quaterque, cui
Semper domi inter tanta voluminum
      Consortia, et chartis repletos
      Esse licet pluteos quieto [1] !...

Dans ce long voyage poétique d'Italie, dont je n'ai voulu faire connaître en détail que l'épisode romain, on rencontrerait quelques paysages où il y aurait plaisir à s'attarder. A défaut des arts, la nature italienne a frappé assez vivement ces yeux du Nord. Pendant son séjour à Padoue, où l'a retenu plus longtemps qu'ailleurs la fréquentation de plus nombreux compatriotes, Melissus paraît avoir peu vu Venise [2]. Son admiration pour la ville illustre reste tout à fait conventionnelle et n'a rien de l'enthousiasme qui inspirera bientôt à son ami Germain Audebert, l'Orléanais, le grand poème latin destiné à célébrer les merveilles de Venise et les mérites de son gouvernement [3]. En revanche, Melissus a fait souvent la promenade favorite des étudiants de l'Université padouane,

---

1. C, p. 528. Cf. p. 24, 288, 294, 321, 337.

2. Voir les odes *Nicolao Ponteo Duci Venetiarum* et *In laudem Sebastiani Venerii Ducis Venetiarum* (C, p. 11 et 81).

3. *Germ. Audeberti Aurelii Venetiae.* Venise, Alde, 1583. Melissus aurait pu rencontrer en Italie le fils de son ami, qui terminait à cette époque un séjour de plus de trois années. Nicolus Audebert, qui a visité les mêmes personnages que lui, notamment Sigonio et Vettori, quittait l'Italie au début de 1578 (Ém. Picot, *Les Français italianisants au XVIᵉ siècle.* Paris, 1907, t. II, p. 169). Il a laissé un précieux journal de voyage, où son arrivée d'étudiant à Bologne est fixée au 3 novembre 1574, et dont j'ai identifié l'auteur dans la *Revue archéologique* de 1887. Ce journal, encore en partie inédit, peut aider à reconstituer tous les voyages d'érudits de l'époque.

celle des monts Euganéens. Ce ne sont point seulement les souvenirs de Pétrarque à Arquà qui l'y ont attiré, ce sont aussi les célèbres eaux salines de Battaglia et le charme printanier de ces belles collines :

> Nunc Veneto fruimur coelo, magnamque Quirini
>   Senensemque reliquimus urbem,
> Euganeûm ad colles Aponique calentia lutra
>   Cum Polemo sociisque reuersi;
> Et modò Braiani, modò delicias Arquati
>   Vere nouo gustare solemus [1]...

Voici comment notre poète a su voir le lac de Garde et dire la grâce de ses rives :

> Amoenitatem marginis Benacii
>   Mente meâ quoties
>   Absens recordor, o Dea [2],
> (Recordor autem saepius) praesens ibi
>   Degere mi videor,
>   Totâque nocte somnio
> Colles apricos. Iam Salon, iam visui
>   Garda iugosa subit;
>   Iam Tusculanum, ad dexteram
> Lacûs sereni ripulas legentibus
>   Inter odora situm
>   Vireta : iam ridens subit
> Peninsularum et insularum Sɪʀᴍɪᴏ
>   Pulcher ocellus [3]; ubi

1. C, p. 354. On peut comparer ces vers à ceux de Germain Audebert, qui avait visité l'Italie quarante ans avant son ami Melissus et qui en rappelait tardivement les souvenirs dans son poème de *Parthenope*. Je cite le ms. de dédicace envoyé au chancelier Hurault de Cheverny (Bibl. nat., *Lat.* 8143, fol. 32) :

> « Hinc Aponi calidis perfusi corpora lymphis,
> Scandimus Euganeos praeclaro nomine montes
> (Quos raris decorant donis Bacchusque Palesque).
> Parte una Bromius largè sua munera promit,
> Parte Pales alia vestitos mollibus agnis
> Laeta fouet colles spectans vernantia rura,
> Et teneras segetes, et latis praedia fundis. »

2. La pièce est adressée à Élisabeth d'Angleterre.
3. Cf. Catulle, 31, 1 :

> « Paeninsularum, Sirmio, insularumque
> Ocelle... »

Quondam Catullus post iter
Bythynum onusti pectoris curam exuit,
   Scaligerumque genus
   Agri Tyroli principes
Tutos recessûs quaesicrunt, arduis
   Rebus ab imperii
   Omissiores. Quàm virent
Frundentque cuncta amoeniter ! quàm pectora
   Mirifice rapiunt
   Ad se comantes hortuli !
Montes opacâ vestiuntur Pallade :
   Vitifera in mediis
   Cliuis Lyaeus regna amat :
Imum occupauit Citrii nemusculi
   Fulgor, et aureola
   Poma, et frutex Lemonius,
Et Punicarum silua densa frundium ;
   Non sine lauricomae
   Vigore Daphnes, nec sine
Myrto Diones. Limpidas ut Mincius
   Voluit herilis aquas
   Ad arcta claustra faucium !
Saluete quotquòt haec Oreades loca,
   Et quot Hamadryades,
   Nymphaeque formosissimae
Stagni tenetis laetioris ambitum.
   Tuque venusta meo
   Infixa cordi millies
Napaea salue [1]...

Ce morceau délicieux ne mérite-t-il pas d'être tiré de l'oubli? Bien des poètes ont chanté, depuis Catulle jusqu'à Carducci, les bords riants du lac de Garde ; d'autres les chanteront encore ou peindront après Virgile ses flots parfois houleux comme ceux de la mer. Dans cette petite anthologie du Benacus antique, l'odelette de Melissus ne devra pas être omise. Personne n'a peut-être rendu avec plus de précision

---

1. C, p. 402. — Voici, d'après Boissard, la fin du voyage : « Posteaquam vero Italiae valedixisset, statuit in Galliam redire et inde traiicere in Angliam ; sed Verona cum discessisset et Benacum lacum transmisisset, mutans consilium Tridentum ad dextram declinauit, Germaniamque per Alpes repetiit. »

lyrique la noblesse de ce paysage, l'éclat de la végétation, l'enchantement de la lumière et des eaux autour du château des Scaliger et de Sermione, « perle des presqu'îles ». On aperçoit, chez le vieil humaniste, l'éveil de sentiments que nous croyons plus modernes. Cette espèce d'enivrement, qu'aucun site de sa Germanie n'a jamais procuré à ce peintre de la nature, fait songer à celui que ressentiront plus tard, sous ce ciel glorieux de l'Italie, tant d'écrivains de sa patrie et de la nôtre.

Quelque admiration qu'eût éprouvée Melissus pour l'Italie, la France et sa capitale gardaient ses prédilections. Il le proclama à tous les échos, lorsqu'il s'arracha à l'agréable Nuremberg, où l'avait fixé son dernier retour, pour aller faire à Paris un séjour prolongé[2]. Il ne devait pas y passer moins de quinze mois, peut-être les mieux employés de sa vie.

C'était au début de l'été de 1584. Son grand recueil poétique s'ordonnait dans son esprit ; il voulait le faire consacrer par les maîtres de son art, que sa pensée volontiers plaçait à Paris, et il jugeait en même temps honorable et avantageux d'en confier l'impression aux presses réputées de cette ville. Il se laissait aller enfin au charme d'y retrouver des souvenirs de jeunesse et d'anciennes amitiés. C'est dans ces dispositions qu'il y arrivait, après avoir passé par Metz pour y rencontrer Boissard[3]. Il les déclarait expressément en s'annonçant à son ami Henri Estienne, revenu de son côté à Paris pour se rappeler à la bienveillance de Henri III, dédicataire cinq ans auparavant de la *Précellence du langage françois*[4]. Quelques

---

1. Voir *Rev. de littérature comparée*, t. I, p. 185-214, 484-503.

2. Ce séjour, dont on va voir l'intérêt, est à peu près passé sous silence par les dernières notices allemandes. Erich Schmidt abrège ainsi le récit des années qui nous occupent : « Verbrachte den Winter 1585 und 1586 in England, wo er der Königin mit Glück hofirte. Endlich winckte ihm in dem lieben Heidelberg ein auskömmliches Amt : im Frühjahr 1586 folgte er durch Frankreich und die Schweiz einem Rufe an die Bibliothek » (*Allgem. deutsche Biogr.*, t. XXI, p. 294). Cette négligence est une justification de notre travail.

3. C'est celui-ci qui nous l'apprend : « Anno 1584, secunda profectione in Galliam reuersus est, Metasque Mediomatricum urbem ab itinere diuertit, ut Boissardum amicum veterem inuiseret. Unde Lutetiam profectus... »

4. Estienne a quitté Genève à la fin de janvier 1584, après avoir réimprimé

vers bien frappés que Melissus envoie à l'apologiste de la
langue de Ronsard montrent à merveille le prestige reconnu
de la grande ville :

> Quis credidisset, mi STEPHANE, tria
> Post lustra, et annorum orbiculos duûm
>   Fore, ut relictis heu paternis
>   Sedibus, ingenuisque amicis,
> Celtarum in oras longam iterum viam
> Molirer hospes, nec regionibus
>   Contentus unis? Credo sanè,
>   Me mea fata trahunt, trahantque
> Dehinc necesse est. Pegasus aliger,
> Natalis horae praecipuus comes,
>   Ultro peregrinos vagantem
>   Quaerere sollicitat recessûs.
> Frustra, sodales o animae integrae,
> Frustra, Napaearum agmina Naidum,
>   Tentastis argutâ loquellâ
>   Me retinere penes Penates
> Hortosque vestros. Ipsa LUTETIA,
> Quâ nulla magno clarior urbs viget
>   In orbe (vestrâ pace dictum
>   Sit, Veneti, veniâque Romae),
> Illa ipsa, doctorum hospitium virûm,
> Suopte nutu plus potuit trahax,
>   Quàm verba promissis refercta
>   Grandibus, illiciumve Pluti
> Rerum potentis...
>   Ut volupe est mihi tecum amicos,
> HENRICE, purgatae o decus Hellados,
> Tuaeque fulgens gloria Galliae,
>   Miscere sermones, loquique
>   De Latiae studiis Mineruae [2] !

A qui l'éloge de Paris pouvait-il mieux s'adresser qu'à cet

en 1583 les *Dialogues du nouveau langage*. Il écrit à Scaliger de Paris, le
28 juillet, pour le consulter sur une édition d'Aristote qu'il prépare. Il y res-
tera jusqu'à l'été de l'année suivante (Louis Clément, *Henri Estienne et son
œuvre française*, p. 62-66).

2. C, p. 508. Melissus s'enthousiasme en finissant pour l'édition des *Nuits
attiques* d'Aulu-Gelle, que donnera son ami au mois de mars 1585, avec des
notes de Louis Carrion et ses propres *Nuits parisiennes*. Cf. Renouard,
Annales des Estienne, p. 150, et L. Clément, *loc. cit.*, p. 63.

amoureux de sa ville natale, qui en portait dans ses livres l'esprit alerte et malicieux et chérissait jusqu'au fracas de ses rues encombrées[1]? Toujours dépaysé à Genève, souvent mal traité du Conseil, malgré l'amitié de Bèze, le fils de Robert Estienne ne rêvait alors que de ramener en France l'imprimerie paternelle. Il pouvait compter sur l'appui d'un roi lettré qui appréciait en connaisseur les *Dialogues du nouveau langage*, alors qu'ils avaient valu à l'auteur pour la troisième fois les rigueurs de la censure genevoise[2]. Ces dispositions royales, qui ne se démentaient pas, permettaient à Estienne d'espérer la fin de son exil. Melissus trouvait l'imprimeur bien accueilli à la Cour, admis familièrement auprès de Henri III, et, sans rien partager de cette faveur, il put jouir de la présence de son ami pendant une partie de son propre séjour.

Dès le 25 juillet 1584, il datait de Paris des lettres envoyées en Allemagne[3]. La commodité du voyage lui était fournie, cette fois, par la charge qu'il avait accepté d'accompagner deux jeunes Autrichiens, Jean-Christophe et Georges-Érasme Tschernembel, et de les conduire en Angleterre, après leur avoir fait connaître la capitale de la France[4]. Ces gentils-

---

1. Une assez jolie pièce des *Passetems* de Baïf (*Œuvres*, éd. Marty-Laveaux, t. IV, p. 417), sur « les embarras de Paris » au xvi⁰ siècle, rappelle ces goûts d'Henri Estienne :

> « Donc, Estienne, tu te redonnes
> A ta ville...
> De nos chams plus ne te recrée,
> Mais le bruit de Paris t'agrée... »

2. On a vu plus haut que le nom de Melissus était invoqué par Estienne pour sa défense, lors de l'affaire des *Épigrammes* tirées de l'Anthologie (1570). Ajoutons qu'une partie des traductions latines de ces épigrammes était due à Melissus (L. Clément, *loc. cit.*, p. 472). Les pièces adressées par Estienne à son ami et que recueillent les premiers *Schediasmata* figurent dans le fameux pamphlet de l'imprimeur intitulé *Francofordiense Emporium*. Genève, 1574. Il n'y est pas fait allusion dans la traduction donnée par Liseux, *la Foire de Francfort*. Paris, 1875.

3. L'une d'elles a pour adresse : *Hier. Baumgartnero triumuiro reip. Norimbergensis amplissimo*, et le destinataire l'a reçue le 9 août (Ern. Weber, *loc. cit.*, p. 26-28 ; cf. p. 154).

4. Dans la lettre à Lobbet citée plus loin, Melissus écrit : « Praefectum ago duorum baronum Austriacorum, Zernemblii filiorum. » Il adresse à Jean-Christophe divers poèmes, dont un au moins doit nous intéresser : *Tschernemblio itinera per Europae ciuitates inituro* (C, p. 129 ; cf. p. 138, 144 ; C, III, p. 261 ; à Georges Érasme, C, p. 146 et *passim*). La pièce de la

hommes devaient se former tout un hiver aux manières françaises, apprendre notre langue, avec la boxe, la danse et l'équitation, afin de se mettre en état de se présenter convenablement à la cour de la reine Élisabeth. En réalité, le séjour du poète allait être beaucoup plus long, et plus d'une année s'écoulera avant qu'il puisse offrir en personne ses hommages passionnés à la grande souveraine protestante.

Une lettre toute familière, écrite à son compagnon du premier voyage, Jean Lobbet, fixe les impressions de Melissus à son arrivée à Paris. Elle contient de piquantes observations sur les modes féminines, bien changées depuis dix-sept ans, et, malgré le léger ton satirique, on y sent à quel point la femme parisienne et ses caprices d'élégance intéressent ces étrangers :

Per hiemem cum baronibus meis heic subsistere decreui, dum tempus vernum nauigationi in Angliam ventos propitios conciliet. Interim addiscent illi Gallicam linguam, item pugiles agere, saltare, equitare. Ego vero cum viris doctis familiarius conuersari assuescam. Vestitum longe alium, quam ante annos xvii fuit in Gallia, reperio. Fimbriae illae latissimis circulis extentae, in muliercularum institis defecerunt, contra autem suffarcinatio quaedam turgidissima circa nates, qua nihil fingi potest absurdius inconuenientiusque, femora abscedit, sinubus infra collabentibus, quibus quidem partus et uteri tumorem facile abscondere possunt. Miror ineptias eiusmodi locum reperire posse, praesertim apud nobiles feminas. Lutetiae, 14 Aug. MCLXXXIV[1].

Le premier soin du poète, après avoir renoué d'anciennes relations, fut de se chercher des mécènes. Celui que lui procura Estienne, Jacques-Auguste de Thou, seigneur d'Émery, ouvrait aux écrivains la maison la plus libérale et les mettait à même de rencontrer ses collègues lettrés du Parlement,

page 144 met en garde les jeunes gens contre les dangers de l'ivresse des étudiants. Les deux barons sont inscrits le 11 novembre 1580 sur le registre de l'Université d'Altdorf, et l'aîné y est nommé recteur pour l'année 1582-1583 (Will, *Gesch. der nürnberg. Univ. Altdorf.* Altdorf, 1795, p. 36, 142). Melissus aura les mêmes compagnons de voyage à son retour en Allemagne, en 1586.

1. Reifferscheid, *Quellen zur Geschichte des geistigen Lebens in Deutschland während des 17. Jahrh.*, t. I. Heilbronn, 1889, p. 964.

parmi lesquels il se préparait à prendre la première place. Sa bibliothèque n'était pas moins précieuse aux travailleurs que celle de Henri de Mesmes, auprès de qui Melissus retrouvait l'aimable accueil d'autrefois[1]. Ayant conçu de bonne heure le dessein d'écrire l'histoire de son temps et voulant s'informer d'abord sur les mœurs des nations, De Thou avait été lui-même grand voyageur dans sa jeunesse. Non seulement pour l'Italie et la Flandre, mais aussi pour les régions du Rhin, du Neckar et du haut Danube, il allait en causant avec Melissus se rencontrer en pays de connaissance[2]. Les premiers vers publiés par notre Allemand à son entrée en France furent pour célébrer dans un *Tombeau*, auprès de Dorat et de Jacques-Auguste lui-même, la sœur de celui-ci, Anne de Thou, femme du chancelier Hurault de Cheverny. Cet empressement fut apprécié d'un frère désolé, qui parle de ce deuil avec émotion dans ses mémoires[3]. D'autres vers de Melissus attestèrent bientôt sa reconnaissance envers le grand humaniste, dont il a éprouvé par lui-même la noblesse d'âme :

> AEMERI, priscis noua quem poëtis
> Aequat heroo tuba clara cantu,
> Digna praeclari suboles THUANI;
>   Quid, rogo, causae est,
> Debitis nullo mihi quòd fauore

1. C, p. 345. Un autre conseiller du roi, lettré de marque, Jean Vulcob, est retrouvé par Melissus comme une connaissance ancienne. Mais c'est à Vienne qu'il l'a vu, huit ans plus tôt (« iam post aristas octo ... »), et il a été reçu à sa table en même temps qu'Hubert Languet (C, p. 532. Une épigramme sur l'état désastreux de l'Allemagne est adressée à Languet, C, III, p. 302).

2. Le second livre des Mémoires de De Thou le montre visitant à Strasbourg le juriste gueldrois Hubert Van Giffen, qui enseigne à l'Université après son long séjour en France ; à Bade, Hubert Languet, qui y prend les eaux ; à Augsbourg, Jérôme Wolf ; à Bâle, Félix Plater et Basile Amerbach, qui lui parle de son père et d'Érasme.

3. Au début du troisième livre. La plaquette est intitulée : *Oraison funebre, faicte et prononcée par Monsieur le reverendissime archevesque de Bourges ... au quarentain et obseques de feu dame Anne de Thou, femme de messire Philippe Hurault, vicomte de Cheverny, chancelier de France, audict lieu de Cheverny, le 26 octobre 1584.* Paris, 1584. La contribution du poète allemand (qui se retrouve dans C, p. 139) est une ode alcaïque *Ad Philippum Huraltum Chevernium, regni Franciae cancellarium.* Elle est signée : « Paulus Melissus Francus Germanus, Comes pal. et eques, laureatusque poeta, ciuis Romanus. Faciebat Lutetiae Parisiorum ann. M. D. LXXXIV. »

> Praeuenis nostrum meritis amorem?
> Quodque Germanum tibi Gallus ipse
>   Conciliare
> Tendis inceptis Pyladen secundis?
> Si valet tantum STEPHANI diserti
> Lingua, si tantum valet aestuantis
>   Pectoris ardor,
> Quei vices reddam taciturnus aequas?
> Quei pari flammâ referam calorem?
> Nae, peregrinos quòd amare vultûs
>   Hospitis audes,
> Antè non visos tìbi cognitosve,
> Candidum ostendis sine labe pectus,
> Atque sinceri manifesta prodis
>   Signa sodalis[1].

Beaucoup plus sensible qu'il ne le sera plus tard aux exercices purement littéraires de l'esprit, le futur historien va répondre à cet hommage en recommandant au public, dès la première page des liminaires des *Schediasmata*, le talent de son nouvel ami :

> Nostra adeon' tutus tibi visa Lutetia portus,
>   Et statio studiis apta, MELISSE, tuis,
> Liqueris ut patrii tam longum flumina Moeni,
>   Et potior tibi sit Sequana visus amor?
> Scilicet heic strepitûs inter bellique procellas
>   Musae habitant, puero nomina culta tibi...
> Tu patriae longum potuisti ponere amorem;
>   At manet aeternum posteritatis amor[2].

Un lien d'une nature particulière unissait Melissus aux Français nombreux qui avaient fait, comme De Thou, le voyage d'Italie. Celui-ci y était allé en 1574, avec la fameuse ambassade de Paul de Foix auprès de Grégoire XIII, et il y avait connu les mêmes gens doctes que son hôte. Il en était ainsi d'un autre bibliopbile, Claude Dupuy, avocat au Parlement, dont le voyage remontait à 1570 et qui n'aimait pas

---

1. C, p. 507.
2. Plus tard, De Thou oubliera cet enthousiasme passager et ne réservera au poète, dans sa grande histoire, que quatre lignes indifférentes. Il s'y ajoute quelques commentaires dans Ant. Teissier, *les Éloges des hommes savans tirez de l'Histoire de M. de Thou*, éd. de Leyde, 1715, t. IV, p. 410-412.

moins à rappeler ses souvenirs sur les lieux et sur les hommes.

Le meilleur mécène que Melissus rencontra à Paris fut un Flamand considérable, Ogier Ghislain de Busbecq, qu'il avait vu à Vienne, dans sa jeunesse, à la cour impériale. Après avoir défendu à Constantinople les intérêts de l'Empereur, durant deux ambassades importantes, puis auprès de Philippe II, il continuait à les servir à Paris, comme grand maître de la maison de l'archiduchesse Élisabeth, veuve du roi Charles IX, et comme administrateur en France des biens sur lesquels était assigné son douaire[1]. On a d'intéressantes lettres de lui à Rodolphe II, *e Gallia scriptae*, et l'on sait d'autre part que ce diplomate, expert en l'usage du latin, aimait à s'entourer de savants et d'humanistes[2]. Melissus vint naturellement orner de sa présence ce petit cercle, un peu à l'écart des milieux français ; il fut reçu maintes fois par le conseiller impérial dans sa belle résidence de Saint-Cloud.

Il a décrit ce domaine comme un lieu enchanteur. On y trouvait une ferme importante à proximité des bois et un parc rafraîchi d'eaux courantes. De l'habitation dominant la Seine, on apercevait de nombreux villages, des maisons de campagne,

---

1. Sur ce personnage né à Comines en 1522, mort en 1592 (et dont le nom est donné parfois sous la forme « Auger de Boesbec »), voir *A. Gislenii Busbequii omnia quae extant*. Leyde, 1633 ; Ant. Teissier, *Éloges*, t. IV, p. 157-162 ; Gachard, dans la *Biographie nationale*, t. III. Bruxelles, 1872 ; Max Lossen, *Briefe von Andreas Masius und seinen Freunden*. Leipzig, 1886, p. 260, 429, 443.

2. Tout l'entourage de Busbecq à Paris, où brille Louis Carrion, est mis en scène dans plusieurs pièces de Melissus (C, p. 558 ; III, p. 56 et suiv.). Citons de préférence la première ode qu'il lui adresse dès l'arrivée (C, p. 503) :

> « Tu primum ad Istri litora fluminis
> Mi visus es, quâ turrigerum caput
>   Vienna apertas fert in auras,
>   Austriadûm procerum Vienna
> Natalis ortus ; tunc ubi Thraciis
> Byzantiorum a moenibus, inclitam
>   In Ferdinandi laetus aulam
>   Caesaris incolumi fuisses
> Statu reuersus. Iunxi ego dexteram
> Tecum, et paratis accubui toris
>   Mensisque... »

Melissus rappelle ici l'ambassade de Busbecq en Espagne, les fonctions que Maximilien et le jeune Rodolphe lui ont confiées en France, et aussi les

les tours et les clochers de Paris. Ces coteaux de Saint-Cloud, plantés d'arbres à fruits et chargés alors d'une vigne abondante, rappelaient au Rhénan les trésors de Bacchus épandus autour de Bacharach, l'*ara Bacchi* chère à sa jeunesse. Il se montre inspiré par ce paysage d'Ile-de-France, encore charmant aujourd'hui, mais dont l'aspect a quelque peu changé :

AD AUGERIUM GISLENIUM BUSBEQUIUM, CAESS. CONSIL.

Prospectus ille pulcher edito e loco,
   Amoenitasque collium
   Iuxta adiacentum, quos habitans colis,
   Quem non adficeret beatiorum?
Vineta passim Libero turgentia
   Feracis ostentant grauem
   Vindemiam anni. Messis opimior,
   GISLENI, locuplete fruge plena
Distendit horrea; antè pratorum aequora
   Feni iuuencis atque equis
   Sat educarunt, hornaque pabula
   Spe venturam hiemem lacessierunt.
Vicina silua non tibi feras negat,
   Canum domandas rictibus.
   Stat in propinquo celsa LUTETIA,
   Stant circùm oppida ciuiumque villae,
Pagique et arces, et Deorum culmina
   Sancta; at colonorum casae
   Augustum et ipsae quid referunt situ
   Quantumuis humili, sed oppidanis
Feliciori. Quâque SEQUANAM vides
   Venire, tanquam circino

vicissitudes de sa propre vie vagabonde et ses voyages en France et en Italie :

   « Quin ecce rursus remige Sequanam
   Veloce sulco; rursus in exteras
     Profectus oras (quod bonum sit)
     Moribus haud patriis vicissim
   Adsuesco paullatim; atque iterum tua
   (Quis credidisset?) lumina conspicor,
     Illustris AUGERI, tuosque
     Sex ab Olympiadum meatu
   Lares saluto..... Quidquid est
     In rebus immortale nostris
     Omne adeo hoc tibi pollicemur. »

Per prata et agros, perque noualia
Circumductus oberrat, et recessûs
Ambage curuâ limitatos praenatat;
Merces deorsum nauibus
Ac ferre sursum haud indocilis patet.
Quid fontes referam scaturientes,
Venasque aquarum limpidas salubrium,
Ad usque Reginae nouos
Ductas in hortos, per tria passuum et
Plura millia? Pons tubos, secundo
Refectus Henrico, libenter sustinet[1].
Vel illa lympha, vineae
Subiuncta vestrae, quàm nitidissimis
Manat gurgitibus strepens ab antris
Virente musco circùm et udo Naidum
Tofo decenter obsitis!
Aedes supernae cum speculâ eminent,
Aedes aetherio Ioui propinquae,
Umbrisque gaudent arborum vestirier :
Hortique odoratum nemus
Amat pudicè virgineâ manu,
Neptis nempe tuae, seri colique.
Hanc Clodoaldus dat voluptatem tibi
Non absque Diuûm munere.
Rident Penates, ridet adorea,
Et quantum est opulentitatis almae;
Heroque Genius gratulatur ipsemet,
Auens celebrari meis
Perenne metris. Tu caue, Busbequi,
Ne quis, quae tibi consecro, profanet[2].

Ces belles fontaines, qui réjouissent le domaine du conseiller de l'Empereur et dont un poète particulièrement ami des eaux goûte si bien la fraîcheur et le murmure, lui donnent, une autre fois, le sujet d'une fable mythologique. C'est l'aventure d'une trop ardente nymphe chasseresse, qui a plongé imprudemment dans la Seine son corps ruisselant de sueur et qui est venue mourir sur la rive gauche du fleuve, là même

1. Le pont de Saint-Cloud, construit sous Henri II, était utilisé comme aqueduc pour conduire les eaux au nouveau jardin de la reine mère, c'est-à-dire aux Tuileries. Les conduits (*tubi*) et la distance, d'ailleurs mal calculée, (*tria millia passuum et plura*) paraissent avoir frappé beaucoup Melissus.
2. C, p. 141.

où s'étend à présent le domaine de Busbecq. Le mythographe évoque à sa façon la vieille histoire de ce terroir au temps des Francs :

> ... Quâ modò vineas
> Pampinis amictas
> Hoc in monte vides, quâ sacra verticem
> Tollunt aëriam in plagam
> Templa Clodoaldi;
> Saltûs umbriferos apta cubilia
> Scito montiuagis feris
> Frunduisse quondam,
> Longè (nam recolo sensibus) ante quàm
> Varmundus vada Sequanae
> Galliaeque regnum
> Tentasset, Saliis rex dominans agris,
> Francorum addere viribus[1].

Le poète venu de Franconie rejoint ici un thème familier à Ronsard et dont il s'est entretenu jadis avec lui à propos des traditions anciennes qui semblent communes à leurs deux pays. Le *Varmundus* de ses vers n'est autre que notre Pharamond, descendant de Francus ou Francion, c'est-à-dire du héros de la *Franciade*. Il est souvent question chez Ronsard de Pharamond, « prince Franconien ». La reprise de possession par ce roi fabuleux de la région où son ancêtre avait fondé Paris est tout au long contée dans l'explication versifiée des figures de l'arc triomphal de la porte Saint-Denis, élevé en mars 1571 pour l'entrée solennelle de Charles IX et d'Elisabeth d'Autriche :

> Ce Pharamond qui avoit pris naissance
> De la Troienne et Germaine alliance...,
> Traçant les pas de Francus son ancestre,
> Reconquist Gaule et sous luy feist renaistre
> Les murs tombez de Paris, et deslors
> Les reforcea de rampartz et de fortz[2]...

Ce n'est pas seulement par la légende de son compatriote *Varmundus* que Melissus se montre rattaché aux inspirations

---

1. *De Phaedocrene, fonte Augerii Gisleni Busbequii.* C, p. 535.
2. Éd. Laumonier, t. VI, p. 426 (cf. p. 420 et 428). Le court morceau de la *Franciade* est moins significatif (t. III, p. 149).

de la Pléiade. Les poètes de ce groupe ont honoré volontiers un mécène généreux en dotant ses domaines de mythes poétiques forgés suivant les bons modèles. Déjà Dorat a raconté aux hôtes du conseiller Jean Brinon, en son château de Villennes, la métamorphose en source de la nymphe Villanis ; et Baïf, à son tour, a célébré à Médan cet amphitryon des poètes, en narrant en vers grecs les aventures de la nymphe Médanis[1]. Si Melissus, comme il est probable, a inventé de toutes pièces celles de la *Philocrenis* de Saint-Cloud, il n'a fait qu'imiter ceux de nos écrivains qu'il admire le plus et qu'il s'est mis alors à fréquenter.

Paul Melissus s'était logé en arrivant « au faubourg S. Victor, à l'image Notre Dame, auprès du Chapeau Rouge[2] ». La maison était commode et agréable, située pour qu'il pût y poursuivre en tranquillité le travail qui l'amenait à Paris[3]. Il savait aussi, en adoptant ce quartier, qu'il allait être au milieu des doctes gens dont il voulait cultiver la compagnie. C'était celui des poètes. Ni la demeure de Dorat, ni le collège de Boncourt, où descendait Ronsard quand il revenait de Vendômois ou de Touraine, n'étaient éloignés de la porte Saint-Victor ; mais cette entrée du faubourg était particulièrement bien choisie. Jean-Antoine de Baïf se trouvait, en effet, propriétaire de la maison du Chapeau-Rouge, mitoyenne de celle qu'il habitait lui-même, « sur les fossez d'entre les portes de Sainct-Victor et Sainct-Marcel[4] ». N'ayant qu'un mur à franchir pour se rejoindre, les deux poètes ne tardèrent pas à devenir intimes. En bénissant ce précieux voisinage, l'étranger montre bien qu'il en était digne ; on le voit rappeler, avec

1. *Ronsard et l'humanisme*, p. 61.

2. Telle est l'adresse qu'il donne en post-scriptum de sa lettre à Baumgartner. On lira plus loin celles qu'indiquent ses billets à Sainte-Marthe.

3. Boissard écrit (p. 91) : « Lutetiam profectus, in suburbanis hortis prope aedes Iani Antonii Bayfii habitationem commodam et amoenam elegit et sequenti anno eius Schediasmata Poetica tribus partibus comprehensa, inter bellorum strepitus secundò typis edi curauit, multo auctiora quàm prius fuerant excusa Francforti anno 1574. »

4. C'était celle qu'avait fait bâtir son père. Voir Augé-Chiquet, *Jean-Ant. de Baïf*, p. 428 ; *Bulletin philol. et hist.*, année 1916, p. 15 (acte de donation de la maison de l'Ange, jadis habitée par Ronsard, faite par Baïf en 1587 à sa maîtresse Jeanne du Bignon, femme d'Ant. Patu, bourgeois de Paris).

une émotion toute fraternelle, les souvenirs qui rendent chère
aux poètes cette demeure sacrée par les Muses et ce jardin
qui a tant de fois retenti de la grande voix de Ronsard :

AD IANUM ANTONIUM BAIFIUM.

Sic fortuito cesserit, an Deus,
Cui lucis almae principium, et sacrum
     Genus poëtarum, BAIFI,
     Semina debet originemque,
Monstrauit istanc ceu digito viam,
Redux ut in claram ecce LUTETIAM
     Hortos suburbanae Napaeae
     Incolerem, tibi Gratiisque
Vicinus? Atqui sic animo prius
Mecum ipse Musarum adsecla voluere :
     Si cura me vestri, Camenae,
     Unquam aliqua aut tenuit tenetve,
Aut post tenebit, perficite, ut dehinc,
Quando relictis Teutoniae plagis
     Gallorum in oras sum profectus,
     Talem habitare locum Laremque
Contingat, ipsae quem mihi maximè
Unâque vobis nostis idoneum,
     Aptumque Phoebo commodumque,
     Aëre nempe salubriori.
Nouem corollas quottidie nouas
Dicabo vestris verticibus, Deae,
     Ex pullulanti frunde lauri,
     Aut hederâ, viridive myrto,
Sertisve nunquam non metuentium
Marcere florum. Talia supplice
     Vixdum rogantem mente, voti
     Participem citò reddiderunt.
Gratare vati. Vatibus hic locus
Iure est sacratus. Hoc viridarium
     RONSARDUS impleuit sonore,
     Grandiloquis numeris canorus.
AURATUS heic, vatum emeritus pater,
Magnum sonaturam increpuit lyram,
     Et numine adflatis benigno
     Praebuit ingenium poëtis.
Ne quid, BAIFI, cultibus abforet,

> Hortorum amator tu manibus tuis
> Umbrosa tempe densiori
> Tegmine disposuisse gaudes.
> Amoenitatem Teutones adpetunt.
> Demas voluptatem hanc oculis meis,
> Demas decórem; me renídens
> Continuo Genius relinquet[1].

Dans ce jardin, qui était un lieu de pèlerinage pour les poètes de France, Baïf avait planté du laurier et le cultivait de ses mains. Un coin où les nouveaux amis aimaient échanger leurs vers et prolonger leur causerie s'appelait « le bosquet de Melissus »; il méritait d'être éternisé par une ode particulière :

IN LAURUM IANI ANTONII BAIFII.

> LAURE, Laure virentibus
> Usque florida ramulis,
> Quae boni sata dexterâ
>   Prosperante BAIFI,
> Solis ad iubar aureum
> Gestiens quasi, Punici
> Proximè fruticis nemus
>   Crispulasque cupressos,
> Aemulum caput exseris;
> Cresce, et Aonio gregi
> Serta suffice frundea
>   Plexilesque corollas;
> Te quidem vocitat meam
> Siluulam ipse BAIFIUS
> Grande Pieridum decus...
> ... Cui quia tu comes
>   Aggregare, BAIFI,
>
> Gallicae fidicen lyrae,
> Romulos et Achaïcos
> Docte prae reliquis sonos,
>   Impedire quis ausit,
> Quo minus tibi propriam
> Hancce carpere lauream
> Debeas, manibus tuis
>   Consitam, velut ipsos
> Separatim etiam hortulos,
> Areas, seriem arborum,
> Vitiumque propaginem
>   Liberi patris augmen?
> Quippe dignior est herus
> Perfrui placitis bonis;
> Extero satis, unicam
>   Posse tangere baccam[2].

C'est parmi les lauriers du jardin de Baïf, auprès du plus ancien et du plus laborieux des compagnons de Ronsard, que Melissus acheva de s'initier à notre poésie. Il y revécut par l'imagination les *Amours de Francine* et se fit rétrospectivement amoureux de la maîtresse littéraire chantée par son ami[3].

1. C, p. 510.
2. C, p. 518.
3. C, p. 201; III, p. 200.

Il apprit de lui l'histoire de cette éphémère Académie de poésie et de musique qu'il avait fondée au temps de Charles IX
et dont le succès avait donné tant d'espoirs aux Muses de la
Pléiade[1]. N'était-ce point dans cette maison du faubourg Saint-
Victor que se réunissaient à l'élite de la Cour les musiciens des
vers mesurés et les bons poètes qui travaillaient avec eux? Et
quel plaisir n'éprouvait pas Melissus à écouter le récit des
concerts et des concours de l'Académie baïfienne, préludes de
projets plus vastes, où la danse devait s'ajouter à la poésie et
à la musique pour rendre aux Français le drame lyrique des
Grecs! Le familier des cours et des « chapelles » princières
d'Allemagne, l'ami fervent de Roland de Lassus, avait presque
assisté aux origines de ce mouvement tout français, au temps
de son premier voyage, et rien ne pouvait l'intéresser davantage que d'apprendre quel développement il avait pris depuis
lors. Malheureusement, l'action de Baïf et de ses collaborateurs était alors suspendue, comme l'Académie du Palais elle-
même[2]. S'il a voulu que son hôte jugeât de l'état de la musique
française et s'il a invité pour lui quelques exécutants de choix,
celui-ci a dû voir parmi eux Jacques Mauduit, qui fut le plus
apprécié des compositeurs de l'Académie du faubourg Saint-
Victor. Ce maître allait bientôt donner sa première œuvre
importante, son fameux *Requiem* à cinq voix, à l'occasion
des obsèques solennelles de Ronsard, célébrées dans la cha-
pelle de Boncourt. Melissus ne nous raconte rien de ces
rencontres; mais il entendit, un matin, un véritable concert
d'oiseaux dans le jardin de Baïf, et il en exprima le charme
par les mots mêmes dont il se fût servi pour parler des voix
humaines :

> Tam suaues, tam iucundas cum mane, BAIFI,
> Haurirem patulis auribus harmonias,
> Descendisse polo symphonia credita nobis,
> Qualis ab aligeri personat ore gregis.

1. Voir, dans l'excellent livre d'Augé-Chiquet, le chapitre relatif à l'histoire de cette institution trop brillante pour durer, qui disparut à la mort
de Charles IX, en 1574. Elle devait assurer, selon Baïf, le triomphe de la
poésie mesurée.

2. La seconde Académie, celle du Palais, fondée par Henri III et d'un
caractère tout littéraire et oratoire, était en 1584 « discontinuée pour quelque
temps ».

Pectoris indicium laeti, laetique diei
    Aedibus in vestris Musica talis erit.
Mi quoque sopitos exciuit pectore cantus,
    Iussit et argutâ carmen hiare chely.
Inclusae caueis sic alta silentia rumpunt,
    Audito melicae verbere vocis, aues.
Fallor, an aetheriae melos hoc sonuere cateruae,
    Aut id ab aethereis hi didicere choris [1] ?

Découragé dans ses efforts pour recréer le drame lyrique, l'auteur des *Euvres en rime* et des *Passetems* était plus mécontent encore de l'insuccès tout personnel de ses tentatives de vers métriques à l'imitation des Anciens. Il songeait à abandonner la Muse française pour offrir son génie méconnu à celle des Latins et des Grecs. Ce renfort tardif apporté à la littérature de l'Humanisme ne devait pas réussir davantage [2]. Il procura un instant à ce poëte en cheveux blancs, toujours bouillant des ardeurs de sa jeunesse [3], l'illusion qu'il augmenterait son public et atteindrait hors de France tous ces lettrés qui ne lisaient point notre langue. Melissus a sa part dans cette volte-face qui étonna bien des gens. Il se devait évidemment de pousser son ami dans cette voie et savait joindre aux exhortations ses conseils de latiniste expérimenté. Il donna même aux *Carmina* de Baïf un dernier coup de lime, dont celui-ci l'a remercié :

    Namque meas limâ non dedignatus amicâ
      Nugas ille animi candidus expoliit [4].

---

1. C, III, p. 123. Le poète fait dire un distique à chaque oiseau, au cygne, au rossignol, à la colombe, à l'hirondelle, à la cicogne et à la pie.

2. J'ai rapproché cette tentative, vouée d'avance à l'insuccès, d'un passage fameux de la préface posthume de la *Franciade*, où Ronsard s'adressant à un « latineur » impénitent paraît répondre à Baïf (*Ronsard et l'humanisme*, p. 244 et suiv.).

3. Cf. toute l'ode de la p. 560 :

    « Te, Baifi candide,
    Intueor quoties, mi videor cycnum
    Album intueri... »

4. Aux liminaires des *Schediasmata*. Une courte pièce dans C, III, p. 122, rappelle la jeunesse de Baïf formée par les études helléniques :

    « Atthide qui lingua teneris imbutus ab annis,
    Triuisti Graios nocte dieque libros
    Praescripto Fabii, fieri potuitne, Baifi,

Retiré de tout enseignement, Jean Dorat, que Melissus avait connu autrefois et choisi pour un de ses modèles, achevait de vieillir dans sa maison du faubourg Saint-Victor, puis à la commanderie de Saint-Jean de Latran. Il a pu le convier quelquefois à ces réunions joyeuses où, jusqu'à la fin, il aima offrir à ses amis sa table et son vin[1]. Il s'était remarié fort tardivement et cette union, qui donna matière à mainte jovialité des poètes et des régents de collège, est honorée fort gracieusement dès le début de l'ode que Melissus lui adresse. Il y compare sa verdeur à celle du grand humaniste Piero Vettori, qu'il a visité dans son palais de Florence :

AD JOANNEM AURATUM.

> AURATE, canos cum sene partiens
> VICTORIO aequos, aéquaque tempora,
>   Linguae professor utriusque, et
>   Nobilium coryphaee vatum :
> An erudito degis in otio
> Suauem senectam, et mulsea candidae
>   Per verba sentiscis THYMILLAE[2]
>   Primigenos nitidae renasci
> Aetatis annos, inque aquilae modum
> Fallentis aeuum te iuuenescere ;
>   Interque donatos supremâ
>   Iam rude et emeritos labores
> Tibi omne punctum cedere? Quisnam age est
> Gallorum in acri gente, Poëticis
>   Pellectus inuentis, et illis,
>   Quarum hodie illecebras et ipsi
> Sectamur, ultro deditus artibus,
>   Qui se cathedrae discipulum tuae
>   Non erubescat non fateri?
>
> Primum ter denas ut mihi post hiemes
> Ausonios cantare modos linguaque Latina
>   Inciperes doctis notior esse viris?... »

1. Cf. *Ronsard et l'humanisme,* p. 60 et 239. Les derniers temps de la vie de Dorat se passent dans les dépendances de la commanderie de Saint-Jean de Latran, où il meurt le 1ᵉʳ novembre 1588 ; mais la date où il s'y est transporté reste incertaine (Marty-Laveaux, *Notice sur Dorat,* p. lj). Il y était en 1586.

2. Je ne vois nulle part ailleurs ce poétique surnom attribué à la jeune femme de Dorat.

Aut duce te solidas in arces
Scandisse Musarum infitias, cat?
En tot tiaras, tot celeberrimos
    Iuris sacerdotes, chorosque
    Adspice Pieriis sacratum
Crinem impeditos frundibus. Adspice
Per litteratam multa LUTETIAM
    Lycéa, doctis destinata,
    Nomine plena tuo tuaeque
Honore laudis. Nescia nec tuae est
Europa famae. Suspicere Italis,
    Amare Gallis atque Iberis,
    Teutonibus colere et Britannis,
Et mansuefacto pectore Sarmatis.
Unum est, quod abs te, si pateris, peto,
    AURATE : ne, quantum tuorum
    Est operumque poëmatumque,
Tam longo in arcis tempore supprimas;
Sed tandem in aurae lumina publicae
    Prodire, te viuo ac vidente,
    Nosque sinas veterum aemulantes
Tantis fruisci (quaeso) laboribus.
... Ah desine, desine
Cunctationum, non dubiam tuis
    Spondens amicis spem fidemque,
    Nempe breui fore, quo fruamur
In luce apertâ fetibus integris.
Post fata si quis forte recenseat
    Volumine uno comprehensos,
    Ne labor arte vacet, timendum est[1].

Plus vibrantes, plus éloquentes que les vers dédiés par
Melissus à Dorat pendant son voyage de 1567[2], ces strophes
montrent notre auteur pénétré pour le maître de la Pléiade de
la même reconnaissance que ceux qui avaient reçu son enseignement au vieux collège de Coqueret ou au Collège royal. Il
n'est pas moins d'accord avec le sentiment commun des lettrés pour réclamer instamment de lui la réunion tardive de
ses poésies, dispersées dans des publications innombrables

1. C, p. 523.
2. Le lecteur les a trouvés plus haut.

ou paresseusement gardées en manuscrit[1]. Ce vœu général fut exaucé l'année même où Melissus retourna en Allemagne, mais, comme on le sait, dans une édition peu correcte et encore assez incomplète, qui n'offrit aux admirateurs du *Poeta regius* qu'une insuffisante satisfaction[2].

Nos poètes parisiens se donnaient volontiers les uns aux autres d'agréables repas. Si la table de Dorat était cordiale, celle de Desportes passait pour abondante et luxueuse ; mais il y fallait être conduit de bonne part, car le poète de cour n'ouvrait pas à tous sa belle demeure. Scévole de Sainte-Marthe, qui fraternisait avec Melissus comme poète latin, l'y mena dès son arrivée. Une de nos jolies odes est écrite pour en rendre grâces :

AD SCAEVOLAM SAMMARTHANUM.

SAMMARTHANE nouem cura sororibus,
Aureolae quaestor splendide Franciae,
    Quanto ardore flagrantem
    Pertentasse mihi iecur
Censes laetitiam, cernere ubi tuos
Contigerat vultûs nuper, apud Lares
    Festiuosque Penates
    PORTAEI lepidissimi,
Cum primum unanimes Bibliotheca nos
Doctior excepit, dein Saliaribus[3],
    Irritamine mensae
    Grato, ditis heri coquus

---

1. Cf. *Ronsard et l'humanisme*, p. 82-84.

2. *I. Aurati Lemouicis poetae et interpretis regii Poematia.* Paris, 1586. Dorat a trouvé, à la p. 217 de la partie qui contient les odes pindariques, au milieu d'un éloge de la Maison de Lorraine, une évocation assez fière du Rhin allemand, qui a pour nous plus d'un écho :

« Saepe suis opibus
Gens auxit opes Lotharinga Gallicas ;
Non ego ficta nec intestata cano ;
Testis est amnis Mosellae
Altera Rhenusque ripa potus equis
Gallicis... »

3. Cf. Horace, *Carm.*, I, 37 :

« ... Nunc Saliaribus
Ornare puluinar deorum
Tempus erat dapibus, sodales. »

Repleuit dapibus viscera, et algidum
Cella merum, succendente sitim Cane [1],
    Sicco praebuit ori,
    Gratis [2] non sine risibus?
Quid iucundius aut dulcius uspiam
Ingenuis credas esse sodalibus?
    Nam seu seria forsan,
    Seu ludicra loquentium
Sermones hilari pectore condiant,
Siue verecundo scommate per iocum
    Tentet lingua remissos,
    Cessantesque redincitet
Fari; legitimo quaeque fluunt modo,
Nec serie trudunt illicitâ sales
    Mendace óblita fuco
    Dicta. Ac nec stomachum mouet
Nec bilem Pyladi liberior sonus,
Ex animo citra morsum ab amiculo
    Accumbente profectus.
    Verùm antè omnia, quae iuuant,
Quantinam esse putas, SCAEVOLA, mutuis
De studiis conferre, inque sacris pedem
    Confirmare Mineruae
    Castris, atque Heliconidum
Diuinis adytis haud remouerier [3]?

Voici maintenant le remerciement à Desportes lui-même.
Il contient des indications intéressantes sur l'élégant intérieur de l'écrivain bien renté, sur sa façon de recevoir ses
nombreux amis et la disposition même de son logis :

AD PHILIPPUM PORTAEUM.

ORPHEUS si Rhodopes robora frigidae,
Amphíon potuit saxa sequacia,

1. Le dîner est donné pendant la Canicule, ce que confirme plus loin le billet du 10 août.

2. Le texte manuscrit donne à choisir entre deux variantes, *multis* et *gratis.*

3. C, p. 515. Sainte-Marthe a conservé dans ses papiers l'original du
poème (Bibl. de l'Institut, ms. 290, fol. 58). Il est de la belle écriture de
l'auteur, avec le titre en capitales à l'encre rouge, la date également en
rouge (*Lutetiae Parisiorum, A° M D LXXXIV, mense Augusto*), et la signature
ainsi libellée : *Paulus Melissus Francus, comes Palatinus et eques, ciuis
Romanus.*

              Et delphinas Aríon
                Mulcere Aoniâ chely ;
          Si vates alii sistere flumina, et
          Deuincire feras obsequio tigres ;
                An mi difficile esset,
                Unam carmine Ianuam
          In praesens aperire ? Et faciles heri
          Sic in vota mea atque arbitrium manûs
                Aptis cogere neruis,
                Ut tardantia postmodum
          Ultro prendere amet brachia conuenae
          Portaeus celeber carmine Gallico ?
                Nae, nullo obice clausae,
                Per se nempe fores patent
          Musarum et Charitum. Sponte suâ tui
          Me excepere Lares ; sponte suâ tui
                Me duxere Penates
                Conuiuam in penetralia,
          Mundo ornata suo, nec modicis recens
          Instaurata tibi sumptibus. At foci
                Quâ se margo, Philippe,
                Tollit recta per ambitum,
          Inscriptum legitur marmore : Grande tot
          Inter res hominum nil, animus nisi
                Rerum grandia temnens [1].
                Quid sententia vult sibi
          Tam scita et sapiens ! Pol mediocritas,
          Quam Flaccus merito nuncupat auream,
                Ut magnum, tibi cordi est ;
                Et melli est tibi Thesei
          Uníus solida atque alterius fides.
          Quin concors animis turba gregalium,
                Portaeana frequentans
                Dextro limina poplite,
          Tantum pectoribus diligitur tuis,
          Quantus vix nec amor Cástore cum pio
                Pollux exstitit olim,
                Nec fratres Siculi duo,
          Atridaeve graues...[2].

1. L'inscription, peut-être en français, gravée sur le marbre de la chemi-
née, devait se lire dans la bibliothèque dont il est question au poème pré-
cédent. On ne s'attend pas à trouver chez le poète favori de Henri III cette
maxime que la vraie grandeur est le mépris des grandeurs.

2. C, p. 511. Deux strophes sur l'amitié terminent la pièce.

On aimerait connaître les amis conviés par Desportes à ce
dîner de 1584, où Melissus entendit de si parfaites conversations dédiées aux Muses. Scévole de Sainte-Marthe, qui l'y
avait amené, ne faisait à Paris que de courtes apparitions,
étant retenu à Poitiers par ses fonctions de trésorier de
France. L'ode citée plus haut lui fut envoyée avec ce billet daté
du 10 août, qui le rejoignit dans sa résidence :

Superioribus diebus cum ad te mitterem per puerum Oden hanc
qualemcumque, tu iam ex urbe discesseras. Commodum autem accidit, ut sese obtulerit tabellarius Pictauium iturus. Cum hoc accipies
quicquid est nugarum recentium, siue colloquii Poetici. Tu velim,
mi Sammarthane, per otium vices reddas pares, et bene valeas. Dat.
Lutetiae Parisiorum, iii eid. Sextil. anno Christi MDLXXXIV.

P. Melissus.

Entre la porte St Victor et la porte St Marceau, sur le fossé, à
l'image Notre Dame, près du Chappeau rouge[1].

Un autre billet à Sainte-Marthe, écrit l'année suivante,
montre que notre poète a changé de logis, sans s'éloigner
beaucoup de la maison de Baïf, et qu'il travaille activement
à l'édition de ses poèmes, confiée au libraire Arnold Sittart :

Heri mihi indicauit H. Stephanus, qui nobiscum coenauit, te heic
esse, Sammarthane suauissime, quod si scissem, iamdudum te salu-
tassem, quaesissemque an Oden, quam ad te misi superiore anno,
accepisses. Diem igitur et horam a meridie mihi significabis, qua te
conueniam. Mane mihi non vacat ; sum enim totus in meis recensen-
dis, ut secundo edantur. Vale et me ama.

P. Melissus.

Hors la porte St Michel, au pavillon de Brusquet[2].

Est-ce par Sainte-Marthe ou par un autre ancien familier
de la maison de Jean de Morel que Melissus fut introduit
auprès de sa fille, la savante Camille[3]? Après la mort du grand

---

1. Suscription : *A Monsieur Monsieur de Sainte-Marthe. A Poitiers.* Cachet.
(Bibl. de l'Institut, ms. 290, fol. 56.)

2. Même ms., fol. 57.

3. Une pièce de lui (C, p. 544) est dédiée à Josias Mercier, fils du savant
hébraïsant Jean Mercier, qui était le beau-fils de Morel et qui avait quitté la
France pour raisons religieuses en 1567. Josias, lui-même philologue renommé,
vécut en Allemagne et fut lié avec Camerarius. Camille de Morel fut à son
tour portée vers la Réforme, ce qui expliquerait peut-être qu'une part impor-

ami de Du Bellay et de Ronsard, arrivée en 1582, elle continuait, comme son aimable mère, à réunir autour d'elle des gens de lettres, mais de qualité moins brillante[1]. On la célébrait toujours pour sa connaissance singulière des langues anciennes et cette facilité à les employer en vers, qui la faisait comparer à Sappho et à Corinna ; mais la précocité de sa formation n'avait point mûri de talent véritable et le pédantisme était venu s'ajouter à ses prétentions de femme érudite. Melissus ne s'est aperçu aucunement de cette décadence de la « dixième Muse », chantée comme telle par Du Bellay et par Buchanan et un peu délaissée après eux. Il avait reçu jadis quelques vers latins de la jeune fille, alors que le dévoué Charles Uytenhove, qui dirigeait cette éducation fameuse, saisissait toutes les occasions de faire apprécier son élève, même hors de France. Il avait répondu avec politesse[2]. Reçu à présent dans le cabinet de la « précieuse »[3], il y fut d'abord d'autant mieux accueilli que les grandes gloires avaient déserté ce sanctuaire. Aussi, quelle reconnaissance, quelle tendre ardeur dans les poèmes qu'il multiplie pour elle ! Ils abondent au livre de ses *Melica*, où il assemble les dédicaces internationales adressées au sexe dont il se proclame le serviteur. Parmi tant de beautés d'Europe, princesses, dames ou simples bourgeoises, auxquelles le poète a rendu ses hommages, la docte Parisienne tient une place choisie.

Le premier de ces poèmes, celui de l'arrivée, montre avec quels sentiments il abordait cette divinité brillante, revêtue à ses yeux de la beauté d'Hébé et de la grâce décente des Heures :

> Virgo Castaliis nomen ab artibus
> Æternum merito nacta, decentior
> Horis, pulchrior Hebê,

tante des papiers de son père, où j'ai fait quelques trouvailles intéressant Ronsard, Du Bellay, L'Hospital, etc., se rencontre à la Bibliothèque de Munich, dans la collection de Camerarius.

1. Voir *le Premier salon littéraire de Paris*, dans la *Revue universelle* du 1ᵉʳ juin 1921, et aussi *Ronsard et l'humanisme*, p. 170 et suiv. Le *Tumulus* de Morel, réuni par les soins de Camille et auquel Sainte-Marthe et Dorat ont collaboré, a été imprimé en 1583.

2. C, III, p. 96. Déjà dans B, p. 75.

3. Le mot n'est pas du temps ; mais aucun, à mon avis, ne s'applique mieux à Camille de Morel.

Scintillantior Hespero,
Quam quinas aueo per trieteridas
Cum desiderio cernere maximo,
        Ex quo prima diserti,
        De te scripta tuisque item
Musis, Vtenhovi carmina legimus.
Ni te Teutonici subtrahis oribus,
        O Morella, poetae,
        Aut semotior inuides
Nostris luminibus lumina, fac tui
Spectandae liceat, si pote, copiam
        Impetrare, tuisque
        Tandem colloquiis frui...
Ah quei dura fores, cui labra primitus
Mitis Leucothea[1], labra coralliis
        Decertantia rubris
        Riuo lactifluo imbuit?
Ah quei dura fores, nectare cui scatens
Lenes lingua sonos edit, Hymettio
        Tinctos rore, fauisque
        Hyblaearum apium litos?
Quid multis moror? en sponte suâ patet
Indiuulsa bonae ianua gratiae,
        Et postes ab amico
        Se gaudent venerarier[2].

La belle Camille de Morel était à l'âge où l'on aime recevoir le nom de la déesse qui verse le nectar aux Immortels;
mais elle n'ignorait pas quelles coquetteries attachent les
soupirants et, tandis que le bon Allemand, déjà épris, se figurait que sa pensée pouvait occuper cette dame le jour,
et même la nuit[3], elle laissait passer de longs délais sans

1. C'est l'Aurore. Melissus connaît le vers d'Ovide :
        « Leucothee Graiis, Matuta vocabere nostris. »
2. C, p. 197. Cf. p. 194, 199, 202, 206.
3. *Ad Camillam Morellam.* C, III, p. 248 :
        « Te licet addictam studiis acubusque Mineruae
            Occupet assiduis hora diurna operis ;
        Si tamen insomnem contingat ducere noctem
            Sisque mei forsan, docta Camilla, memor,
        An mihi tantillum renues impendere curae,
            Ut penses modicis carmina multa modis?
        Multa voco, Genium nimio obtundentia plausu,
            Dum studeo numeros elicuisse tuos... »

répondre à ses déclarations littéraires. Dédaignait-elle, « comme venant d'un Germain », les offrandes déposées sur son autel? Au bout de deux mois passés, il s'en plaignait doucement :

> ... Cum tua se dederunt mihi limina
> Perlibenter aperta, teque vultu
> Et blandis facilem, Camilla, verbis ;
>   Tetigique dextram, labiis
>   Mollibus osculandam ; simul obtuli
> Meae primitias tibi Camenae
> Vates. Grande etenim nefas putabam,
>   Sine debitis carminibus
>   Tam celebrem alloqui velle poëtriam [1]...

Raconter plus au long cette idylle entre deux humanistes n'offrirait qu'un médiocre intérêt. Le cœur pourtant inflammable de Melissus n'y fut pas en jeu, mais plutôt l'orgueil qu'il ressentit de s'associer aux illustres poètes dont les madrigaux lyriques avaient précédé les siens dans la maison. Ceux-ci furent sans doute les derniers, car je ne vois point que Camille quadragénaire ait allumé d'autres flammes.

Entouré de tant de sympathies, mêlé à tant d'écrivains en possession de leur gloire, reçu familièrement dans les demeures consacrées aux Muses, Melissus devait être quelque peu grisé par la vie de Paris. Tel parut-il sans doute à un ami d'autrefois, ce François d'Averly, qu'il avait connu à la cour de Heidelberg et qui fut un de ses initiateurs aux lettres françaises. Ce gentilhomme faisait jadis d'assez jolis vers suivant la formule de la Pléiade[2]; mais il avait préféré au renom de poète le rôle d'agent secret de la politique calviniste, où il se confinait désormais. L'an 1584 donnait une besogne par-

---

1. C, p. 202.

2. Melissus en a conservé quelques-uns, par exemple ceux qui célèbrent le cygne de ses armoiries :

> « Le poëte et le cygne ont cela de pareil
> Que tous les deux sont blancs ; mais l'un sa blancheur porte
> Aux plumes seulement, l'autre au cœur la transporte,
> Et l'un et l'autre sont consacrez au soleil.
>   Tous deux cherchent des clairs ruisseaux le frais accueil,
> Et le rivage herbu ; et chacun d'eus emporte
> L'honneur de bien chanter, lors même que la porte
> De la mort s'entrebaille et les aiz du cercueil... »

ticulièrement active à l'homme de confiance de Jean-Casimir, devenu régent du Palatinat depuis la mort récente de son frère et le plus ardent des princes allemands alliés des huguenots de France[1]. Si Melissus, en revoyant D'Averly, apprit quelque chose des projets de leur maître commun, aucune allusion n'y perce en des vers où il ne parle que de son bonheur d'habiter la capitale du royaume d'Henri III :

> ... Iterum, ut vides,
> Tellure natali relictâ,
> Francigenas populos, et illam
> Urbem petiui, in quâ viget omnium
> Sensim renascens nobilium artium
> Et disciplinarum facultas,
> Omnigenumque decus docentum;
> Quales Athenis vix rear Atticis
> Vixisse, clarâ nec Lacedaemone,
> In flore cum summo haec, at illae
> Numine Palladio vigerent[2].

Tout ce qu'il voyait et entendait dans cette « nouvelle Athènes » le mettait dans l'enchantement. Il composait des odes parisiennes pour ses amis éloignés, afin qu'ils n'ignorassent point son séjour. A Charles Uytenhove, compagnon

---

1. La mort du duc d'Anjou, dernier frère d'Henri III, vient de faire d'Henri de Navarre le futur héritier légitime de la couronne de France; les protestants s'en réjouissent et cherchent à déjouer en même temps les menaces de la Ligue, qui commence à se former. On verra plus loin ce que Melissus aura à en dire.

2. *Ad Franciscum Auerlium Minaeum.* C, 550. L'auteur rappelle comme déjà lointaine leur liaison de Heidelberg :

> « ... Ut veterem renouamus ultro
> Dextris prehensis notitiam, Nicrum
> Firmatam ad amnem! Cuius in arduo
> Substructa cliuo Myrtiletus
> Caerulcis ferit astra pinnis. »

Quelques pages plus haut est une ode à Georges d'Averly, avec une autre esquisse de Paris (C, p. 530) :

> « ... Celtarum vagus erro magnae
> Redditus urbi;
> Quam saburratis sinuosus undis
> Sequana stringit mediam, in nouoque
> Vasta miratur lapidum obstupescens
> Pondera ponte. »

de jeunesse, qui pouvait s'intéresser à Paris mieux que personne, en ayant joui lui-même beaucoup d'années, il écrivait :

> ... Allemannis
> Nos discessimus oris,
> Rursusque Celtarum innocuo hospitam
> Tellurem premimus pede,
> Quâ placidus sese indigenarum aquarum
> Infert Sequana rector
> Glauco per antiquam amne Lutetiam,
> Septâ exceptus ab insulâ [1].

Les amis laissés à Rome apprenaient, par une ode à Muret, des nouvelles du voyageur. Le destinataire put-il la lire ? Elle lui parvint, s'il la reçut, bien peu de temps avant sa mort, qui mit en deuil les lettres romaines le 4 juin 1585. Goûtons quelques vers de cette épître lyrique, dans laquelle l'ancien ami de Ronsard eût retrouvé, à la fin de sa vie, l'écho même de ses *Iuuenilia* [2], le charme évoqué de cette campagne des environs de Paris, où il avait partagé, au temps du *Voyage d'Arcueil*, les ébats joyeux de la Brigade :

> Memorne Franci vatis adhuc manes,

1. Uytenhove habitait Cologne. Comme il avait fait un long séjour en Angleterre, en quittant Paris, et y avait été flatteusement accueilli par la reine Élisabeth, Melissus l'informait de ses projets de départ et de son espoir d'être, à son tour, reçu par cette reine savante et polyglotte :
> « Ast ubi post brumam redeunte vere...
>   Reginae celeberrimae
> Proximius visurum oculos et ora
>   Tot callentia linguas... »

2. On lira peut-être avec plaisir une épigramme de jeunesse de Melissus, écrite probablement à Vienne et adressée à Sambucus (*Ad Ioan. Sambucum Pannonium*. C, III, p. 284); il l'a écrite sous l'impression de sa première lecture du recueil de Muret et y a exprimé poétiquement la doctrine alors commune sur l'imitation des anciens :
> « Tristis eram, mæstoque graues in pectore curae
>   Abstulerant omnem mentem animumque mihi;
> Carmina MURETI postquam iuuenilia legi,
>   Mi redicre iterum mens animusque simul.
> Iuppiter! heic nosco priscorum imitamina vatum,
>   Quos vetus antiquo Roma vigore tulit.
> Educat insignes aetas quoque nostra poëtas,
>   Quos Deus et laudis plena cupido mouet;
> Nulla sed aetatem perferre aut viuere cernes
>   Carmina, ni veterum sint imitata decus.
> Sola vetustatis, SAMBUCE, nitentia flore
>   Perpetuant veris tempus anile sui. »

Oblitus anne es suauis amiculi,
   Murete, longinquis remotum
   Ambitibus peragrantis orbem?
En (quod, nisi erro, tu nihilominus
Mirere) caram visere Galliam
     Post quattuor me singularis
     Rursus Olympiadas coëgit,
Gentem in cupitam mens pia quo flagrat,
Amoris ardor, iamque Lutetiam
     Frequento magnam, Sequanaeque
     Mente recentem oculisque pontem
Contemplor, Henrichi auspicio bono
Pridem inchoatum regis, et ultimas
     Desiderantem tot laborum
     Ritè manûs opere exigendo[1].
Iam cum eruditis de variis loquor
Rebus, vetustatum oribus aemulis
     Addictus, antiquuamque seruans
     Obtineo, meritumque honorem.
Sed praeter omnes me iuuat angulos
Locus salúber, púlchraque amoenitas
     Hortos suburbanos venustans,
     Et patulis viridem comantum
Umbram ministrans frundibus arborum :
Sub queis sedenti, lentaque ad ulmeos
     Subnixa truncos terga habenti,
     Nescio quae mihi dictat augur
Apollo nugas carmina publicas
Impune Romanum ad Capitolium
     Itura, Muretique acutas
     Haud tenui petulanter aures
Vibice laesura...[2].

Le nom de Muret revenait dans une autre pièce, où Melissus rappelait à Louis Chasteignier de la Roche-Pozay son bel accueil de Rome, en exprimant le désir de le revoir un jour[3].

1. Il s'agit ici du Pont-Neuf, dont la première pierre fut posée le 31 mars 1578, en présence de Henri III et des deux reines (L'Estoile, t. I, p. 256). Il devait attendre son achèvement jusqu'à l'année 1602 (Ch. Duplomb, *Hist. générale des ponts de Paris.* Paris, 1913, t. I, p. 176).

2. C, p. 520. Autres poèmes envoyés en Italie : à Vettori, à Sigonio, à Pietro Angeli da Barga (à l'occasion de la *Syrias*, imprimée à Paris et dédiée à Henri III et à Catherine de Médicis).

3. C, p. 554.

L'ancien ambassadeur était retourné dans son château d'Abain, en Poitou, et Joseph Scaliger y vivait alors auprès de lui[1]. Une ode dédiée à celui-ci mentionne le château familier à tant de lettrés et fait allusion à un séjour prochain du philologue à Paris, qui ne se réalisa pas pendant celui de notre poète :

An quod susurrat Fama domestica,
Breui futurum est, hospes ut hospitis
    Desideratos ipse vultûs
    SCALIGERI videam, reuersi
Ad glauca iugis flumina Sequanae,
Quâ grandia ingens culmina turrium
    LUTETIA ostentat, polique
    Vertice cardinibus minatur?
Coramne praesentem alloquar? et manum
Exosculabor, cui monumenta tot
    Aeternitati consecrata
    Condere praesidio Mineruae
Datum est? manum, inquam, tam solidâ fide
Praestantem, et ausis grandibus inclitam[2]?
    O siue coeptum molieris
    Vasconicis iter hoc ab agris,
Siue abdicato limite Pictonum,
Seu forte notis ab regionibus,
    Rupes ubi illae CASTANAEO
    Praediaque illa coluntur ampla :
Te cura Diuûm, SCALIGER, aduenam
Celtarum in oris incolumi pede
    Sistat precamur, sospitemque
    Moenia ad alta Parisiorum
Ouante gestu ducat[3]...

1. Scaliger date « d'Abain » et de Poitiers une série ininterrompue de lettres de 1584 à 1586. Il avait préparé à Abain son important traité *De emendatione temporum*, qui a tant contribué à fonder la science de la chronologie.

2. Sur la grande autorité qu'avait déjà Scaliger en Allemagne, on relèvera encore ce témoignage (C, p. 555) :

« ... SCALIGER interim,
Clarissimorum Sidus Hyantidum,
    Quem planè adoro, quemque mecum
    Deueneratur, amat colitque
GERMANIA ingens. »

3. Melissus nomme ici les amis qui l'accueilleront : Florent Chrestien, Cujas, Dupuy, De Thou.

Ast ubi iam fueris receptus
Urbis quieto, SCALIGER, in sinu,
Tot eruditis hospitio viris;
    Europa cui se ciuitatem
    Vix similemve paremve nosse
Adfirmat usquam; ne, rogo, ne citò
Digressum adorna; verùm aliquantulum
    Morare nobiscum, tuâque
    Luce frui sine litterarum
Bonarum amantes. Vultus enim tuus
Clari renídet sideris in modum;
    Viso hoc, serenum praedicarim
    Ver mediâ nituisse brumâ[1].

Plus d'un événement intéressant l'histoire des lettres est mentionné dans ces poèmes de Paris. Le plus important de l'année 1584, pour les Allemands résidant en France, fut la mort prématurée d'un des leurs, Janus Gulielmius, de Lubeck, qui étudiait sous Cujas à l'Université de Bourges[2]. Scaliger racontait ainsi l'accident qui avait enlevé à la science ce « très-docte jeune homme » : « Il trouva dans les jours caniculaires un pot de vin qu'il but tout plein, et sur l'heure il mourut[3]. » C'est à Pierre Delbene, ami particulier du

---

1. C, p. 556.

2. L'érudition allemande venait de perdre un autre de ses espoirs en la personne du jeune Jean Meller (Palmerius), auteur de *Spicilegia* fort célébrés et à qui Gulielmius consacrait, avant de mourir lui-même, un poème intitulé *Manes Palmeriani*. Ces détails éclairciraient au besoin quelques allusions des *Schediasmata*. Mais il faudrait voir aussi comment Scaliger jugeait, dans une lettre de 1580, ces *Spicilegia* tant vantés : « Je n'[y] ai trouvé ni rime ni raison, sauf une témérité de jeune homme fort oultre cuidée. Il pense que tout ce qu'il a leu ès vieux grammairiens, pour si peu qu'il ressemble au texte qu'il entreprend corriger, que c'est cella mesme... » (*Lettres françaises de J. Scaliger*, éd. Tamizey de Larroque, p. 108). Les noms des deux jeunes savants sont sans cesse rapprochés en Allemagne. Pour s'en tenir à Melissus, on lit dans son ode à André Dudith, le fameux conseiller de l'Empereur (C, p. 421) :

    « In tuam instigabo noxam
      Palmerium et Gulielmium,
    Vindices Nymphac latinae
      Unos et unicos... »

3. *Secunda Scaligerana*. On peut consulter, sur J. Gulielmius, Teissier, *les Éloges tirez de M. De Thou*, t. III, p. 312. Il y a plusieurs lettres de lui dans la première centurie de la correspondance de Juste Lipse, qui écrivait à Melissus, le 1er décembre 1584 : « In I. Gulielmii morte valde indolui. De vultu aut facie non eum noueram, optime de animo, nec censeo melius aut rectius ingenium fuisse hoc aeuo. » En 1587, il écrira au même : « Iani

défunt, que Melissus dédie son ode de déploration, à laquelle
on trouve maint écho dans les correspondances du temps.
De Thou parle avec émotion de ce jeune érudit admirable-
ment pourvu de tous les dons de l'esprit[1]. Il préparait,
paraît-il, entre autres travaux, une nouvelle édition générale
de Cicéron, collationnée sur les manuscrits après celle de
Lambin, et où « plus de trois mille passages » étaient corri-
gés ou expliqués[2]. Le charmant caractère de Gulielmius et
les espérances qu'il donnait à la république des lettres lui
avaient attiré, pendant une assez longue résidence à Paris,
de nombreuses et importantes sympathies. Sa muse flatteuse
et dirigée à bonne adresse savait les cultiver[3]. Melissus les
énumère en quelques strophes ; il nomme le président Brisson[4], Henri de Mesmes, Vaillant de Guélis, abbé de Paimpont, Claude Dupuy, De Thou, Nicolas Le Fèvre et les frères
Pithou :

Casum tam subitum docta Lutetia
Tremiscit; ac multo aere animam illius
    Vellent posse redemptam
    Haec in membra reuertier
Praestantes meritis eximiis viri,
BRISSONIUSque et MEMMIUS, aurei
    Fulgens gloria saecli;
    Tum PIMPONTIUS arbiter
Musarum, et Themidos tu PUTEANE amor,
Et cum THUANO Nicoleus FABER,
    Et PITHOEUS uterque.
    Vellent ac cuperent idem

Gulielmii poemata premis an edis? Neutrum suadeo... » (*Iusti Lipsi Epistolarum selectarum chilias...* Genève, 1611, p. 96 et 149).

1. Voir Teissier, *les Éloges...*, t. III, p. 312. Parmi d'autres Allemands liés
avec De Thou, je rappellerai Jean Lobbet, qui fut le compagnon de Melissus
à son premier voyage. C'est assurément le personnage dont une longue lettre
en français, écrite de Strasbourg, le 4 novembre 1595, se retrouve parmi ses
correspondances (Collection Dupuy. 836, fol. 160).

2. C'est le témoignage de Jérôme Groslot. De Thou parle de « six cents
lacunes » suppléées par Gulielmius dans le texte de Cicéron. Une partie au
moins de son travail a passé en 1618 dans la grande édition de Froben.

3. Le ms. 837 du fonds Dupuy contient, fol. 45-47, quatorze strophes
alcaïques (*Cl. V. Claudio Puteano consiliario regio*), d'une écriture élégante
et portant la souscription : *J. Gulielmius virtutis et amplitudinis eius obser-
uantissimus mittebat. M. D. XXCIII. Eidib. Nouemb.*

4. Barnabé Brisson vient de publier, en 1583, ses commentaires *De formu-
lis et solemnibus Romanorum verbis.*

> Nostri praecipue lumina temporis
> Cuiaciusque et Scaligero patre
> Natus, Dousaque et ipsi
> Douzae Lipsius intimis
> Haerens pectoribus[1]...

Melissus pleure aussi, mais plus officiellement, la mort de Guillaume Canter, l'helléniste d'Utrecht, élève de Dorat et collaborateur de Plantin pour ses éditions des auteurs grecs, dont le frère, naguère compagnon de ses études parisiennes, recueille de toutes parts les condoléances du monde lettré[2]. D'autres deuils affligent les bons esprits. On apprend d'Autriche la mort de Sambucus, d'Italie celle de Sigonio[3]. C'est à Henri de Mesmes que pense Melissus pour commenter aussitôt la perte des deux grands historiens, parce qu'il se souvient d'avoir tenu jadis de Sambucus sa recommandation auprès de lui :

> Allatus anne est nuncius ad tuas
> Nunc nuper aures extimâ ab Austriâ,
> Errice Memmi, desiisse
> Viuere Pannonium tuum illum[4]...?

Ronsard vit alors de préférence en Touraine et en Vendômois, et ses amis parisiens, qui le fêtent à chacun de ses séjours au collège de Boncourt, ne le revoient plus que malade. Le bruit court de sa mort; ce n'est encore qu'une fausse rumeur; mais Melissus a partagé l'émotion générale, dont le témoignage se trouve dans des distiques à Dorat :

> Sparserat audaci totam rumore per urbem
> Celtarum querulos nuncia Fama sonos,
> Ronsardum fatis heu concessisse poëtam,
> Et cassum vitâ iam posuisse caput.
> Iamque typis, Aurate, nouis excusa volabat
> Naenia, funestis exululata modis[5].

---

1. C, p. 549. En s'adressant à Juste Lipse, le poète rapproche le sort du jeune défunt de celui de Jean Second, mort comme lui dans la fleur de son âge.

2. *Ad Theodorum Canterum.* C, p. 551.

3. Sambucus (en hongrois Zamboc János) est mort à Vienne, à cinquante-trois ans, le 13 juin 1584 (cf. Boissard, *Icones*, pars III, p. 77). Sigonio est mort à Bologne. le 12 août de la même année.

4. C, p. 545. Voir plus haut le récit du premier séjour à Paris.

5. Laumonier les a réimprimés aux *Annales fléchoises* de 1908.

> Addita Regis erant decreta iubente senatu,
>   Ne quis eam chartis aemulus exprimeret.
> Post paullo ostendit scriptisque labrisque disertis
>   Ipsemet in viuis esse animatus adhuc.
> Mendax fama! morine queat Ronsardus hic, in quem
>   Mors violenta nihil fátaque iuris habent[1]?

Une autre inquiétude circule parmi les savants; Juste Lipse, le maître illustre de Louvain, devenu l'honneur de l'Université de Leyde, est tombé gravement malade et a dû suspendre ses cours[2]. Melissus compose aussitôt un poème (*Iusti Lipsii vicem dolet aegrotantis*) et l'envoie à Leyde, avec les souhaits de tous les amis des lettres antiques. Lipse lui répond, le 1er décembre 1584 :

> Epistolam tuam, mi Melisse, qui non amem? Indicem constantiae tuae in amore, et magis carmen, quod de morbo meo scriptum cum ingenio et adfectu. Gratias debeo et debeo. Sed te quis Deus, quae Dea e Germania tua media traduxit subito in Gallos? Amor, nisi fallor, non ille à Cypride, sed hic à Phoebo, discendi, videndi et doctos cognoscendi; quorum omnium fores et pectora non dubito quin patescant tibi[3].

Chaque jour amenait à notre Allemand une connaissance nouvelle, qu'il ne manquait pas de consigner dans ses vers. Son coreligionnaire Florent Chrestien, réconcilié avec la Pléiade, lui procurait celle de Jean Bonnefon, le poète latin de *Pancharis*, et de Claude Binet, familier de Ronsard et son futur biographe; il les adoptait aussitôt parmi ces amis dont il se plaisait sans cesse à augmenter le nombre :

> Adducis mihi, Christiane Florens,
> Binetum Bonefoniumque doctos,
> Praeclarosque viros meique amantes.

1. C, III, p. 319.

2. Scaliger écrit le 3 décembre 1584 à Claude Dupuy (lettre datée par erreur de 1586 dans le recueil Tamizey de Larroque, p. 182) : « Je suis marri du décès de Janus Gulielmius et Carolus Sigonius, et plus le serois-je si le bon Lipsius les suivoit. Monsieur Cujas a failly les accompagner, mais il se porte mieux à présent. »

3. *I. Lipsi Epist. chilias*, p. 96. La lettre serait d'un ton parfaitement gai, sans le souvenir de la mort du jeune savant, évoqué déjà dans les vers de Melissus.

> ... Mihi dempseris amicos,
> Una omnis mihi dempta erit voluptas[1].

On voit assez, en effet, en quelle cordiale intimité il vivait
à Paris avec des savants et des poètes, se trouvant à l'aise
autant qu'un Français dans ce quartier de l'Université, dont
il parcourait chaque jour les rues animées et bruyantes. Il
n'y fréquentait pas moins les libraires et les imprimeurs, et
quelques-uns de ses poèmes révèlent de ce côté des liaisons
de véritable amitié. A Fédéric Morel le fils, successeur de son
père dans la charge d'imprimeur du Roi, il recommandait,
comme des chefs-d'œuvre faisant honneur à la France, les
traductions du grec de Florent Chrestien, interprète latin
des Tragiques et aussi d'Aristophane[2]. Il convoquait les
nymphes des rives de la Seine et celles de la Belgique au
mariage d'Arnold Sittart, devenu libraire juré de l'Université
de Paris, avec une fille de ces Cavellat qui éditèrent tant de
vers de la Pléiade[3]; et son épithalame célébrait, outre l'union
de deux jeunes gens qu'il aimait, celle de deux familles
renommées dans l'art typographique. Il s'ébahissait devant
la collection de livres amassée dans la vieille maison échue à
Jérôme Cavellat :

> Adspice quam multis, Hieronyme, vestra refercta est
>   In Lare materno Bibliotheca libris !
> Cuncta patent tibi inempta. Patet tibi, quidquid ubique
>   Scriptorum veterum peruoluisse velis.
> Insuper ad studium te magnus avunculus excit,
>   Excit et adfinis mutua cura tui;
> Marnefius senior, Sittartus iunior annis[4]...

Il rappelait au jeune Sittart, qui faisait les frais d'édition
de son ouvrage[5], la boutique de Cologne, dont son parent

---

1. C, III, p. 323.

2. *Ad F. Morellum typogr. regium de Florentis Christiani stylo Tragico.*
C, III, p. 321. Cf. la belle épigramme *In tragoedias a Q. Sept. Florente Chris-
tiano latinissime conuersas.*

3. *Arnoldo Sittarto et Dionysiae Cauellatae.* C, p. 491.

4. C, III, p. 250. Cf. la pièce *Ad Hier. Cauellatum iuuenem*, dans les *Poematia* de Dorat, 2ᵉ partie, p. 141.

5. *Melissus Lectori :* « ... Arnoldo Sittarto, qui sumptus in his excudendis
fecit. »

Jean Birchmann assurait la prospérité aux bords du Rhin[1] ;
et il savait entretenir, en même temps, le vieux Jérôme Mar-
nef, qui lui prêtait ses ouvriers et ses presses, des mérites et
du goût de la librairie française, si favorable aux poètes
anciens et modernes :

> Typis venustis edidisti plurimos
> Priscûm Poëtarum libros,
> Illosque decorasti figuris eiconum
> Perquàm artificiosissimis ;
> Studia et labores acmulatus maximos
> Sebastiani Gryphii.
> Vatum Poësis, Marnefi, recentium
> Tibi rependat gratiam,
> Tuumque nomen inter illa collocet,
> Quae reddidit celebria
> Pridem vetustas. Eia age, o viridis senex,
> Meo quoque in libellulo
> Notesce. Fama nulla durat, quae noua est ;
> Sed quae vetustatem sapit[2].

Les *Schediasmata* s'achevèrent enfin au cours de 1585[3],
nos typographes ayant surmonté les difficultés de cet énorme
recueil d'environ 1,100 pages de fin caractère italique, où la
correction laisse peu à désirer, où la mise en pages de

---

1. La boutique de Sittart avait pour enseigne *A l'écu de Cologne.* Cf. C, III,
p. 249 :

> « Sic ad nobile Sequanae fluentum,
> Quod Lutetia grandis occupauit,
> Tu, Sittarte, dehinc typographorum
> Euades celeberrimus, recenti
> Libros utibiles in officinâ
> Cudendos operâ acriore curans.
> Non promiscua quaeque sunt in auras
> Emittenda, sed inter illa carptim
> Est delectus habendus. Optimorum
> Semper conditio optima est librorum. »

2. C, III, p. 249.

3. C'est ce qu'indique la date identique mise à la dédicace des trois parties,
dont le travail a visiblement marché de front : *Serenissimae ac potentissimae
Heroidi Elisabethae Anglorum Hibernorumque reginae S. P. D.... Dat. mense
Augusto, anno Christi nati millesimo quingentesimo quincto et octogesimo.
Lutetiae Parisiorum.* Dans les exemplaires que j'ai étudiés, les trois titres
portent le millésime *Anno M DL XXXVI.*

poèmes de mètres si divers est toujours ménagéc avec élégance. D'abondants index accompagnent les trois parties de l'ouvrage et permettent d'y retrouver les nombreux noms propres. Le privilège de l'Empereur est pour sept ans, celui du roi de France pour neuf. Une grande partie des anciens recueils se retrouve dans le nouveau classement de l'auteur; mais celui-ci a éliminé tout ce qui avait un caractère trop accentué de protestantisme et ce qui aurait pu, en France, à cette époque, l'empêcher d'obtenir le privilège royal; on n'y retrouve point, par exemple, les vers lus plus haut sur la bataille de Moncontour, ni l'ode sur le *Franco-Gallia* d'Hotman; d'autres pièces d'actualité n'eussent pas intéréssé son nouveau public, et c'est ainsi que ses premiers vers sur Ronsard ont disparu. Il a supprimé de même une épigramme assez osée, d'après une anecdote connue, sur la visite de Rabelais au pape, mais surtout, semble-t-il, pour une raison de bon goût, la politesse parfaite du poète de cour étant devenue une des recherches de son art[1]. Il n'y a, d'ailleurs, dans ce vaste ensemble, où la poésie de l'amour tient sa place, aucune de ces licences de langage auxquelles se complaît souvent la muse de l'Humanisme, et rien n'y pourrait offenser les chastes oreilles de la reine illustre, dont le nom se déploie aux dédicaces multipliées et qui est visiblement destinée à en recevoir l'hommage entier.

Tels qu'il les a revisés pour la postérité comme pour son temps, Melissus peut avec quelque fierté soumettre ses poèmes au jugement de l'Université de Paris; il comprend, d'ailleurs, dans le terme d'*Academia Parisiensis* ce public fran-

---

1. Il ne convient pas d'en priver nos rabelaisiens; en voici le texte, d'après B, p. 42 :

« Rabelaesi Iocus.

Venerat Ausoniam praesul Bellajus in urbem,
    Rablaesus famulos cui comes inter erat.
Hic ubi Bellajum pronis sacra basia cernit
    Coccinei pedibus figere Pontificis,
Aufugit, et : Quid me fiet, proh Jupiter! inquit,
    Talia quandoquidem praestet oportet herus?
Utque fugae caussam fuerat scitante rogatus
    Patre sacro, tales rettulit ore sonos :
Si domino soleas porrexit ad oscula Pappas
    Heu vereor, seruo porrigat ille nates. »

çais, qu'il juge assez difficile et dont l'approbation lui importe avant toute autre, ainsi que le marque l'avis au lecteur :

Censuram et iudicium celeberrimae Academiae Parisiensi ut antea permisi, ita etiamnum permitto, atque in posteris permittam; ita tamen ut neque optimis Poëtis hac tempestate florentibus, neque consiliariis quibusdam Regiis, Poeticae artis peritissimis, facultas praeripiatur sententiae liberè dicendae. De stylo et charactere sermonis heic nihil omnino monendum arbitror, quum varia variorum carminum diuersitas diuersam et ipsa formam inducat loquendi. Tu, Lector beniuole, nostris delectatus linguâ fauebis, et mei meorumque haudquaquam fastidibis.

On s'explique à présent le ton de la dernière pièce du recueil lyrique, où sont appelés en témoignage par Melissus les hommes qu'il respecte le plus et dont il a su mériter à son tour l'estime affectueuse :

PAULI MELISSI MELOS AD ACADEMIAM PARISIENSEM.

O Eruditi lumina saeculi,
Parisiensis flos Academiae,
   Honor Camenarum et Mineruae,
   Gloriaque intemerata Phoebi!
Si digna canto Pieriis choris,
Linguae Latinae si decus aemulor,
   Virosque doctos et Poëtas
   Suspicio venerorque amôque;
Permittite, inter vos ego uti legar
Vates modestus, sobrius, integer.
   Me quippe censurae bonorum,
   Iudicioque per omne punctum
Exactiori subjicio lubens.
Sententiam de carminibus meis
   Feretis aequam, stabo vestris
   Nutibus, ellogioque claro.
Quis ambigat, quin calculus omnium
Vestrum futurus sit generaliter
   Unusque et idem iudicando?
   Quae liquido semel approbarit
AURATUS ore, et SCALIGER optimus
Censor, locúplesque ÆMERII fides[1].

---

1. J.-A. De Thou, seigneur d'Émery.

Pimpontiumque acumen[1] ; et quae
  Memmia lanx bene ponderarit[2],
Et Passerati regula certior
Examinarit, iústaque Lipsii
  Amussis, et Dousanus unguis[3] ;
  Denique quae ratio Audeberti
Et Christiani florida veritas
Digna aestimarit publicitus legi :
  Vos hercûle ipsi non potestis
  Illa eadem, reor, improbare.
Quapropter haec si quem sinitis locum
Mele tenere, et quae dabo praeter haec,
  Praebebit ansam vestra nobis
  Gratia, non iuuenile carmen
Plectris minutis, sed grauius dehinc
Quiddam sonandi, si neque me liquor
  Musaeus, aut Pallas, nec almae
  Destituent mea corda vires[4].

Aux pièces liminaires qui, suivant l'usage, honorent l'auteur des suffrages de l'amitié, figurent de grands noms littéraires. Dorat mène le chœur laudatif avec Baïf et De Thou[5].
Les autres noms français sont ceux de Passerat, de Florent
Chrestien et de son fils Théodore, traduisant le grec paternel, puis ceux de trois typographes parisiens, Fédéric Morel,
Robert Estienne et Jérôme Cavellat[6].

Au recueil manque une des odes les plus intéressantes
qu'aient inspirées à Melissus les événements de France. Elle

1. G. Vaillant de Guélis, abbé de Paimpont.
2. Henri de Mesmes.
3. Jan Van der Doës, sr de Noorwijk (Janus Douza).
4. C, p. 561.
5. Voici le début de la pièce de Dorat, qui ne figure pas dans son recueil
des *Poematia*, imprimé en même temps que celui de Melissus et paru chez
G. Linocier en 1586 :
  « Illa Typographicis quae rursus carmina prelis
      Subdis legentium ob sitim,
  Non semel atque iterum, decies repetita placebunt
      Tuis Melisse opusculis,
  Mella quibus stillant vatis testantia nomen... »
6. Les vers de Robert III Estienne sont en grec, comme il sied à l'héritier
d'un tel nom. Il y a aussi quelques vers latins d'Achille Estaço (Statius), de
Louis Carrion et de Christophe Homagius.

est demeurée inédite dans les papiers de Claude Dupuy, à qui elle a été adressée au mois d'avril 1585. A ce moment même vient d'être lancée la fameuse « Déclaration » de Péronne, par laquelle les « princes, seigneurs, villes et communautés catholiques de France » proclament la Sainte-Ligue contre l'hérésie[1]. L'entourage parisien du poète s'en montre indigné dès le premier jour ; l'ami Baïf écrit dans ses *Mimes* :

> Que dirons-nous du Manifeste ?
> Ha, c'est une maudite peste
> De nouveaux discors et debas[2]...

Cependant, Henri de Guise approvisionne, en Champagne, une armée menaçante et barre la route aux secours d'Allemagne. Les troupes du Roi sont canonnées par D'Entraigues à Orléans, le 21 avril. Pendant ce début du printemps, qui annonce une terrible guerre civile, la capitale vit dans une perpétuelle terreur ; les avant-postes guisards se rapprochent ; les entrées et sorties de la ville sont étroitement surveillées, et l'on sent quelles complicités s'agitent dans ses murs. Le prochain triomphe des factieux prépare évidemment de mauvais jours pour les réformés. C'est sous l'impression de cette anxiété que Melissus écrit à Dupuy, à qui il connaît, comme à De Thou, les sentiments modérés et fermes d'un « politique » ; ses strophes un peu haletantes, composées dans un Paris qui va appartenir à la Ligue, expriment fortement les émotions d'une heure inquiète :

AD CLAUDIUM PUTEANUM REG. CONSILIARIUM.

> O PUTEANE, rursus
> Galliam Bellona minax horribili flagello
> Terret, atroxque Mauors

---

1. La déclaration de Péronne est datée du 30 mars 1585.
2. *Œuvres de J.-A. de Baïf,* éd. Marty-Laveaux, t. V, p. 212. Cette partie des *Mimes* a paru après la mort de l'auteur. On y trouve sur Henri III des appréciations assez dures :
> « Nul conseil n'assiste l'Estat.
> Au timon n'a nul bon pilote.
> Trop mieux sieroit une marote
> Qu'un sceptre au poing d'un Prince fat. »
Il est vrai que le roi avait laissé périr l'Académie de Baïf.

Perfidos enses acuit cote super Pyrénes[1],
    Regis in immerentis
(Heu fides!) pacale caput[2]. Si decus aucupari
    Milite factioso
Tendit, elato nimium vertice qui superbae
    Lubrica signa plumae
Explicat, reflante Noto : legitimos triumphos
    Inuideamus illi,
Cui sacri fulcrum solii est a Ioue destinatum[3],
    Tam stabile atque firmum,
Martis ut nullo penitus turbine dimoueri
    Possit, agive retro?
Regna terrenis opibus praesidioque forti
    Non ita tuta serues,
Atque cum caelestis heri robur, aheneique
    Inuiolata fati
Sentias decreta. Dei, quisquis es, o tremisce
    Et venerare dextram.
O Dei magnam venerare atque tremisce dextram,
    Quisquis es. Hac ab unâ
Pendet eventus. Stolidi est, non ratione duci,
    Quam sapientia armet
Dia. Vindictam Nemesis iam meditatur ultrix;
    Tarda quidem irrogare
Debitam poenam, grauibus sed cita tarditatem
    Suppliciis repensam
Et dare, et pro stultitiâ ludibrium pacisci.
    Tu placidae sorori
Supplica Pacis, foliis o PUTEANE canis
    Tempora cincte oliuae;
Perpes ut vobiscum habitet Diua, salutis auctor;
    At procul exulatum
Ultimae in Thules salebras dirus eat Gradiuus[4].

Lutetiae Parisiorum.
Mense aprili. 1585.

1. Allusion à l'intervention armée promise à la Ligue par Philippe II. Le traité de Joinville, qui la stipulait, est du 31 décembre 1584.

2. A cette date du mois d'avril, ce roi pacifique et menacé peut être encore Henri III; l'ode aurait eu un tout autre ton quelques mois plus tard, après l'édit du 18 juillet, qui révoqua les édits de pacification et interdit avec rigueur l'exercice du culte réformé.

3. Le héros à qui est légitimement destiné le bois du trône sacré est Henri de Navarre.

4. Gradivus ou Mavors, c'est toujours le dieu de la guerre.

Paulus Melissus Francus. Comes Pal. et Eques,
Laureatusque Poëta, Ciuis Romanus[1].

L'état troublé du royaume et les passions qui s'y déchaî-
naient expliquent que Melissus, malgré ses habitudes invété-
rées de poète lauréat, n'ait pas sollicité de présentation à la
Cour, où fréquenta pourtant son ami Henri Estienne et où
Catherine de Médicis, ni même Henri III, n'eussent point
dédaigné ses louanges latines. Les circonstances politiques
n'étaient guère favorables aux lettres; l'exemple même d'Estienne ne pouvait être très encourageant, puisque la bienveillance du Roi n'avait pas rétabli la fortune compromise de
l'imprimeur et qu'il retournait à Genève, toujours malheureux et assez déçu[2]. Mais la religion suffit à justifier l'absten-
tion complète de Melissus, qui portait, d'ailleurs, ses vues
et ses ambitions d'un tout autre côté. L'hommage refusé à la
vieille « Jézabel » des Tuileries, il brûlait de l'offrir à la souveraine anglaise que les papistes flétrissaient de la même
qualification, excessive à coup sûr dans les deux cas. A présent que les approbations les plus autorisées de l'Europe
l'avaient consacré, il pouvait se permettre d'aller trouver la
reine Élisabeth et mettre à ses pieds son génie et son dévoue-
ment.

En cette belliqueuse année, où le sol français ne semblait

1. Bibliothèque nationale, collection Dupuy, 837, fol. 78-79. Le titre et la
date sont à l'encre rouge, suivant l'usage du poète.
2. Une lettre de Melissus à Estienne, qui est remarié et de retour à Genève
(*Heidelbergae, XV Kal. aprilis* [1587]), se rattache encore à cette époque de la
vie des deux amis. En voici quelques traits, d'après le texte recueilli par
Goldast, *Philologicarum epistolarum centuria una*. Francfort, 1610, p. 315 :
« Te in eo esse ut Typographiam tuam instaures, non ipse modo, verum
alii mecum utriusque nostrum amici, ex animo gaudemus. Utinam autem te
inani Aulae Gallicae pollicitatione deceptum prius mens et Fors bona in
Allobrogas retraxisset, quam et spei aura nonnulla refulgentis, et rei priuae
iacturam fecisses. Frustra mehercule obnitimur fatis homunculi miselli, si
Deo aliter visum est. Quaerimus commoditates, inuenimus calamitates. Sorte
quemque sua contentum esse decet. O mi Stephane, te nunc diligenter et
serio haec considerare velim. Resarcies igitur, quod neglectum fuit. Habes
[uxorem] quae rem familiarem curet, ita ut te in libros totum abdere pos-
sis, litigiorum fugitans, atque istiusmodi spinarum tricurumve, unde nihil
emolumenti, nihil lucri. Loquor tecum aperte et sine fuco; atque hinc amici
hominis animum cognoscas licet. »
La suite de ce texte et une seconde lettre discutent avec l'imprimeur des
questions de quantité et d'accentuation.

pas sûr aux hérétiques, l'Angleterre eût été une terre de
refuge pour Mélissus, même s'il n'eût pas depuis longtemps
décidé de s'y rendre. A l'automne de 1585 (« après la ven-
dange », dit Boissard), il s'embarqua à Dieppe avec Jérôme
Groslot, de Lille, qui fut son compagnon dans le royaume
d'Élisabeth[1]. Le Rhénan calviniste y comptait déjà bien des
sympathies et cet excellent polyglotte ne pouvait y être nulle
part au dépourvu, puisqu'il connaissait l'anglais comme le
français[2]. Ce voyage ne devant pas être raconté ici, il suffira
de transcrire le récit succinct qu'en fait son ami et son con-
fident :

Post vindemiam anni 1585[3], nauigauit ex portu Deppensi in Angliam,
offerens Richemonti Elisabethae Anglorum Reginae sua Poemata,
ibique per hiemem in aula mansit, quae Grenouici erat... Sed post-
quam comite itineris Hieronymo Groslotio Lislaeo nobili Gallo,
cuius maiores ex Francia Germaniae oriundi erant, qui cum adules-
centulo Iacobo VI Scotiae Rege sub Georgio Buchanano educatus
fuerat, Academias Oxoniensem et Cantabrigiensem, Bibliothecasque
libris veteribus refertissimas perlustrasset, a Regina humanissima,
quae aliquoties ipsum antea sponte sua compellauerat, veniam
abeundi impetrauit, ac traiecto Oceano Caletum versus tertiò in
Galliam rediit; nam per literas antea reuocatus fuerat in Germaniam
a Ioanne Casimiro principe, Palatinatus administratore[4].

Pendant le mois de janvier 1586, le voyageur apprit à
Londres un événement qui ramena son cœur auprès de ses amis
de France. Ronsard venait de mourir le 25 décembre, en son
prieuré de Saint-Cosme-lez-Tours, et la nouvelle, transmise
du continent par un des ambassadeurs de la Reine, Daniel
Rogers, ne put, cette fois, être mise en doute. Melissus con-
nut probablement assez vite le détail des obsèques que l'Université et la Cour célébrèrent solennellement à Boncourt, le
24 février, ainsi que le projet de composer un *Tombeau*, pour

1. Cf. C, p. 50; III, p. 322. Un petit poème intitulé *Navigaturus in Angliam*
précède le principal groupe des dédicaces anglaises : Bromley, Norfolk, Dud-
ley, Sydney, Rogers, etc. (C, p. 151).
2. Voir le témoignage de Boissard : « Praeter linguam vernaculam, quae est
Teutonica superior, et eas quae in scholis Academiisque addiscuntur, maxime
illi cordi fuerunt Italica, Gallica, Hispanica, item Belgica et Anglica. »
3. Une faute d'impression évidente donne ici la date 1582.
4. Boissard, *loc. cit.*, p. 92.

lequel les disciples et les amis recrutèrent aussitôt des collaborateurs.

Cette fameuse publication, qui devait apparaître comme un
hommage collectif des poètes, fut en même temps une mani-
festation de l'humanisme français tout entier[1]. Mais notre
Melissus n'avait pas attendu l'appel de Claude Binet ou de
Sainte-Marthe pour confier à sa muse latine les sentiments
que lui inspirait la mort du plus grand poète du siècle. Il
l'avait trop bien étudié et trop aimé depuis sa jeunesse pour
ne le point pleurer spontanément, et même avec plus de sincérité que certains compatriotes du maître. Le génie de Ronsard et les principes dont la Pléiade avait vécu étaient déjà
fort démodés dans cette jeune poésie, qui se ralliait autour
de Desportes; ils n'avaient rien perdu de leur prestige pour
l'imagination toujours fraîche de Melissus. On le voit assez
par l'ode émue qu'il adressa à Florent Chrestien et qui vint à
point pour être insérée dans le volume préparé chez Gabriel
Buon. Elle en fait une des meilleures pages. Si les allusions,
qui pour nous l'obscurcissent, demandent à être expliquées
aujourd'hui, on sent aisément qu'elle ne renferme ni les bana-
lités du deuil officiel, ni les lieux communs d'une admiration
convenue :

PAULI MELISSI FRANCI ...
ODE AD Q. SEPT. FLORENTEM DE OBITU PETRI RONSARDI

QUEM Fama mendax ante biennium,
O QUINCTE, vani prodiga gutturis
      Vixisse vatem nunciarat[2],
      Isne manûs violentiores
Parcae subiuit, ius adamantinae
Strictê tenentes forficis, et glomum
      Vertentis aeui conuolutum
      Dissicere heu nihil abstinentes?
Iam verat error pristinus. En mare
Traiecit ingens Oceani patris,
      Et insulares Albionis

1. Cf. P. Laumonier, *la Vie de Ronsard de Claude Binet*. Paris, 1909, p. XXI
et suiv.; Nolhac, *Ronsard et l'humanisme*, p. 240 et suiv.
2. On a vu plus haut que le bruit de la mort de Ronsard avait couru à
Paris en 1584.

Non itidem, velut antè Celtas,
Rumore falso corripuit volans
Hinc inde pennâ Fama volubili,
    Tristesque Ledaeas amoenum
    Reddidit ad Thamesim volúcres [1] ;
Quas usitatâ voce ROGERSII [2],
DOUSAEque [3] cantu glauca Venilia [4]
    Itemque nostro prouocatas,
    Laetitiâ erigere insolenti
Spectarat alto colla sonantia
Clangore, crebroque agmine litora
    Vicina complere, et Britannam
    Ad modulos numerosiores
Ciere Nymphen, aetherium genus,
Vatumque numen. Siccine fluminum
    Ocelle Liri [5] belle, ripae
    Vindocinae vetus irrigator,
RONSARDUM in extremo articulo nigrae
Mortis trementem reddere anhelitum
    Flesti repercussas in auras ?
    Siccine, flaue Liger, rigenti
Corpus sepulcro, pinguia quâ colunt
Turones arui iugera, condier [6] ?
    Frustramur, an fractum Poetae
    Emorientis utrumque ocellum

1. Ces cygnes de la Tamise sont un exemple des observations de nature dont Melissus nourrit sa poésie.

2. Poète et humaniste, jadis élève de Melanchthon à Wittenberg, Daniel Rogers, qui fut ambassadeur d'Élisabeth auprès de Charles IX, de 1566 à 1570, et traversa souvent la France dans ses divers voyages politiques, s'était lié à Paris avec les écrivains et les savants. Au moment où il écrivait en Angleterre la mort de Ronsard, il était depuis peu sorti des prisons de Philippe II, qui l'avait fait arrêter en territoire impérial au cours d'une mission chez les princes luthériens d'Allemagne.

3. Sur les rapports de Jan Van der Doës, premier curateur de l'Université de Leyde, avec Ronsard, voir *Ronsard et l'humanisme*, p. 211 et 346. L'excellent humaniste hollandais, grand admirateur du poète, était en relations régulières avec Londres. Je trouve au ms. 837 de la collection Dupuy, fol. 242, un poème latin conservé par Claude Dupuy, daté et signé ainsi : *Janus Douza Nordouix. Londini. A. M D XXCIV. XIV Kal. Septembres.*

4. Ce nom de divinité latine renferme une allusion difficile à saisir. Les éditeurs du *Tombeau* ont-ils bien lu le manuscrit de Melissus? Celui-ci, en tout cas, n'a pas corrigé d'épreuve.

5. Il faudrait ici la forme *Lori* pour signifier exactement le Loir vendômois

6. Melissus n'ignorait pas que Ronsard avait été enseveli aux bords de la Loire, dans son prieuré de Saint-Cosme-lez-Tours.

> Ultro vocati dextra GALANDII
> Propinqua clausit[1]? Tu quoque forsitan
>   Auri insusurrasti supinae
>   Verba bona et pia, CHRISTIANE,
> Agona leto luctificabilem
> Luctante, praestò visus adesse. Quae (*sic*)[2]
>   .   .   .   .
> Quos maeste flores Manibus injicis?
> Quae vota fundis, queis sibi gaudeat
>   Terpandrus alter? Sume quaeso,
>   Sume lyram mihi cumque tritam,
> Ac luctuosas hisce age naenias,
> Graio et Latino pectine. Dic tuo
>   Exinde MORELLO et BINETO
>   Et STEPHANO BONEFONIOQUE[3],
> Musarum alumnis, ut fide Lesbiá,
> Seu queis placebit cumque modis seni
>   Dignê parentent, publicisque
>   Templa, theatra, Academiasque
> Sonis fatigent. Fas etenim est, uti
> Qui natus artes dotibus inclitis
>   Augere, donatus sacrarum
>   Munere non careat sororum.
>
>   LONDINI. Anno M.D.LXXXVI.
>   Mense Febr.[4].

Cette ode, composée après la série des poèmes parisiens de Melissus, est la dernière qu'il consacre aux choses françaises. C'est par Ronsard que finissent, comme ils ont com-

---

1. Jean Galland, le meilleur ami du poète à la fin de sa vie, ne put se trouver en Touraine pour lui fermer les yeux.

2. Au tournant de la page, les deux derniers vers de la strophe sont tombés à la composition.

3. Ces personnages sont Fédéric Morel le fils, Claude Binet, un des principaux préparateurs du *Tombeau,* Robert Estienne (le troisième Robert de la dynastie), qui y a collaboré par d'abondants vers français et grecs, et Jean Bonnefon, dont le nom ne s'y trouve pas. Celui de Florent Chrestien n'y paraît que dans le titre de l'ode de Melissus; on se rappelle l'âpre polémique, inspirée par les querelles religieuses, qui l'avait un certain temps éloigné de l'amitié de Ronsard.

4. *Discours de la vie de Pierre de Ronsard... par Claude Binet... Ensemble son Tombeau recueilli de plusieurs excellens personnages.* Paris, 1586, p. 65-68. Est-il besoin d'indiquer aux ronsardisants informés que le texte donné par Blanchemain est fort incorrect et parfois incompréhensible?

mencé, ses rapports avec notre pays. Il y rentre cependant, pour la troisième fois, à son départ d'Angleterre. Il traverse Paris et Orléans et se rend dans une de nos villes qu'il n'a encore jamais visitée. Il est attiré à Bourges par un des hommes pour lesquels il a toujours professé l'admiration la plus vive, ce savant Cujas, auprès de qui plusieurs générations de ses compatriotes sont venues apprendre la science du droit[1]. La célèbre Université a-t-elle été sur le point de perdre une telle parure, et la France fut-elle menacée, comme on l'a cru un instant l'année précédente, de voir le maître émigrer en Italie? Melissus, pour sa part, s'est mis en devoir de l'en dissuader en se faisant le porte-parole des Français[2]; il va le féliciter à présent d'avoir gardé son enseignement pour sa patrie et l'écouter dans sa chaire. Il s'entretient avec Cujas d'amitiés communes, qui sont nombreuses; il visite la tombe de l'infortuné Gulielmius et voit sans doute les étudiants de son pays; puis, par Lyon et Bâle, il gagne Heidelberg[3].

C'est à Heidelberg, dans sa chère région du Rhin, qu'il fixait enfin sa vie errante. Jean-Casimir lui confiait la garde de la Bibliothèque Palatine, la plus illustre et la plus précieuse de l'Allemagne. On le voit se marier, composer encore quelques poésies en cette langue antique où il fut un maître et finir en 1602 une vie honorée, parmi les studieux loisirs du bibliothécaire.

1. La vie des étudiants allemands à l'Université de Bourges est décrite dans une fort curieuse lettre de Heinrich von Camphusen, du 23 octobre 1566, intéressante pour l'histoire de nos universités (*Briefe von Andreas Masius und seinen Freunden*, éd. Max Lossen. Leipzig, 1886, p. 377-379).

2. *Ad Iac. Cuiacium iurisc.* C, p. 557.

3. Boissard : « Lutetia igitur digressus cum baronibus Zerñemeliis, per Aurelianum agrum venit in urbem Bituricensem humanissime acceptus à Iacobo Cuiacio iurisconsulto. Inde Lugdunum perrexit, et per mediam Heluetiam iter faciens Basileam attigit; tandem Heidelbergam, quam ille Myrtiletum appellat a baccis illis nigellis, quae magna ibi nascuntur copia, reuertitur. Fuit id anno 1586. » Scaliger se moquait donc de son ami, quand il disait, à propos de Heidelberg : « La grande fadaise de l'appeler *Myrtiletum;* il faut donc appeler ainsi toute l'Allemagne, car il croist autant de myrtes ailleurs que là » (*Sec. Scaligerana*). On lit dans le même recueil : « Melissus, qui estoit bibliothécaire de la Bibliothèque Palatine, n'y laissoit entrer personne. » C'est encore une grognerie de Scaliger.

Bientôt sa mémoire s'effaçait dans cette France qu'il avait
tant goûtée et célébrée. Les fameux *Schediasmata*, dont un
petit nombre d'exemplaires restait dans notre pays, y deve-
naient de plus en plus rares. Seul peut-être, Théodore de
Bèze maintenait son souvenir chez les protestants français,
par les vers catulliens qui se réimprimaient dans ses œuvres
(*Mellitissime, quaeso, mi Melisse...*); cependant que l'ode sur
la mort de Ronsard, demeurée sous les yeux des lettrés, continuait à leur présenter ce nom élégant et mystérieux, qui
attestait les relations familières avec la Pléiade d'un poète
étranger digne de revivre comme elle.

APPENDICE.

Le dernier témoignage des relations de Melissus avec la France
est une lettre inédite à Jacques-Auguste de Thou, écrite en 1600 et
intéressante à divers titres. Le poète sexagénaire y rappelle avec
complaisance le séjour qu'il a fait au pays de l'historien, *ante
annos XV*, parmi les gens doctes qui l'y ont accueilli. L'autographe
est à la Bibliothèque nationale, collection Dupuy, 836, fol. 213-214.

*Clariss⁰ viro Aug. Thuano Aimerio, ...ris consistorii consiliario,
[supr]emi Galliarum senatûs [pr]aesidi, amico S. plurimam obser-
uando. — A Paris.*

Opus illud de Sibyllis, Opsopoei opera et studio collectum, tandem in lucem prodiisse gaudeo mehercule plurimum[1]. Per hosce
annos ab obitu Opsopoei[2] diu multumque sollicitus fui, quid eo fie-
ret, donec ante semestre mihi id videre contigerit. Quòd autem
nunc ad te scribo, Thuane clarissime, eo fit, ut expiscer, num ii,
qui sumptûs fecerunt in opus excudendum, exemplaria aliquot
daturi sint heredibus, praesertim Ioannis Opsopoei fratri Simoni,
artium et philosophiae magistro, in Academiâ nostrâ commoranti,
ad quem deuoluta est tota Bibliotheca fratris defuncti. Rogo igitur,
quandoquidem praefatio ipsa nominis tui inscriptionem continet,
cum consortio ita agas, ut promotioni tuae morem gerant et exemplaria nonnulla ad nundinas Francofort. vernas sequentis anni
bene compacta et obsignata mittant, ut inde huc perferantur. Quà
tu re nobis nihil gratius, nihil acceptius facere poteris, tum propter
illam familiaritatem, quâ tibi coniunctus fuit Opsopoeus, dum istic
viueret, tum etiam ob notitiam, quae mihi tecum et cum aliis viris
doctissimis ante annos XV, cum secundo in Gallias venissem, inter-

1. Il s'agit de l'ouvrage suivant : *Sibyllina oracula ex vett. codd. aucta
renouata et notis illustrata a I. Opsopoeo, cum interpretatione latina Seb. Cas-
talionis et indice...* Paris, 1599, in-8°. Deux opuscules paginés séparément
sont joints à ce gros volume : *Oracula metrica Iouis, Apollinis, Hecates,
Serapidis et aliorum deorum ... a I. O. collectâ,* et *Opuscula magica Zoroas-
tris cum scholiis Plethonis et Pselli nunc primum editis e Bibliotheca Regia,
studio I. Opsopoei.*
2. Jean Opsopœus, professeur de médecine à Heidelberg, était mort en
1596, à peine âgé de quarante ans.

cessit. Itaque facies, certo scio; iniquum enim non petitur, ut pro
molestiâ et labore ab auctore exhaustis nonnihil emolumenti ad
Simonem Opsopoeum redeat.

Ceterum, Thuane eruditissime, scire aueo, quid hactenus in lucem
edideris, et si quid porrò nobis exportandum sit, id nos edocueris,
auidâ accipiemus aure. Iniungas velim librariis Parisiensibus ut
lucubrationes tuas Francofortum perferendas curent, nam a plerisque
summopere desiderantur, ut et Passeratii Poematia, quae hactenus
certè nancisci non potuimus[1].

Casus, qui te superioribus annis et complures alios patriae aman-
tissimos adflixit, nobis grauissimus iuxta ac molestissimus accidit.
Eluctati estis tandem, Dei Opt. max[i] nutu. Constantia tua et tole-
rantia in aduersis summam profectò meretur laudem, cui et ego par-
ticulam singularem in meis aliquando opusculis attexam, si viuo. Si
quid interea ad me scribere voles, mittito Cl. viro Dionysio Lebeo
Batillio, Praesidi regio in urbe Mediomatrica. Is ad me rectâ perfe-
rendum curabit, nam saepius huc ad me litteras mittit. Procuraui
enim quantâ maximâ potui diligentiâ, ut illius emblemata apud nos
typis excuderentur, quae te vidisse arbitror[2]. Etiam hasce meas ad
illum inclusi. Tu bene vale, et me quod facis amare perge.

Datum Heidelbergae, die xxv **Octob. Anno M DC.**

**Paulus Melissus Franc. Electoris Palatini et Ioannis Casimiri, dum
viueret, consiliarius et bibliothecarius.**

---

1. L'édition de Jean Passerat que les libraires rhénans ne pouvaient se
procurer n'était cependant pas toute récente, les *Poemata* du professeur royal
ayant été imprimés à Paris en 1597.

2. Le président de Metz, Le Bey de Batilly, a publié un recueil analogue
aux *Emblèmes* de Boissard, avec soixante-deux dessins de celui-ci. C'est l'ouvrage dont parle Melissus : *Dion. Lebei Batillii emblemata, a Iano Boissardo
delineata et a Theod. de Bry sculpta.* Francfort, 1596, in-4°.

NOMS DU XVIᴱ SIÈCLE

TABLE

ADDAMIANO (Nat.). **Delle opere poetiche francesi di Joachim du Bellay e delle sue imitazioni italiane.** 1921, in-8°, 260 p. . . 12 fr.

BAFFIER (Jean). **Nos géants d'autrefois.** Récits berrichons. Préface de Jacques Boulenger. 1920, in-8°, 180 p. et 7 pl. . . . . . 12 fr.

BEAULIEUX (Ch.). **Catalogue de la réserve XVI° siècle de la bibliothèque de l'Université de Paris (1541-1550).** — II. *Supplément et suite.* Avec une table générale et 10 reproductions de marques typographiques. In-8°, 214 p. (Tiré à petit nombre). . 20 fr.
Rappel : Tome I. 1910, 322 p. et 8 pl. avec 19 reproductions. 25 fr.

BÉDIER (J.), de l'Académie française, professeur au Collège de France. **Les Légendes épiques.** *Recherches sur la formation des chansons de geste,* 2° édition revue et corrigée. 4 vol. petit in-8°, chaque. 10 fr.

BOISSONNADE (P.). **Histoire des premiers essais de relations économiques directes entre la France et l'État prussien pendant le règne de Louis XIV (1643-1715).** 1912, in-8° . . . . . 12 fr.

— **Du nouveau sur la chanson de Roland.** *La Genèse historique, le Cadre géographique, le Milieu, les Personnages, la Date et l'Auteur du Poème.* Fort vol. in-8° raisin de 520 p. . . . . . 25 fr.

BOUILLIER (V.). **Georg Christophe Lichtenberg (1742-1799).** Essai sur sa vie et ses œuvres littéraires, suivi d'un choix de ses aphorismes. 1914, in-8°, portrait . . . . 7 fr. 50

— **La renommée de Montaigne en Allemagne.** 1921, in-16, 64 p. 4 fr.

CHAMPION (Pierre). **Le procès de condamnation de Jeanne d'Arc.** Texte et traduction. Notes et appendices. 1921, 2 vol. in-8°, xxxii-416 et cx-452 p. et 9 pl. en phototypie. Les 2 vol. ensemble . . . 50 fr.
Il a été tiré 50 exemplaires sur hollande à . . . . 200 fr.

— **Histoire poétique du XV° siècle.** 2 vol. in-8° raisin, 400 et 480 p., avec 60 phototypies hors texte. Les 2 vol. ensemble . . . . 75 fr.
Il a été tiré 50 exemplaires sur hollande . . . . 300 fr.

CHARBONNEL (J.-Roger). **La pensée italienne au XVI° siècle et le courant libertin.** 1919, in-8°, xxv-720-lxxxiv p. . . . . . 26 fr.

CHARBONNIER (F.). **Pamphlets protestants contre Ronsard (1560-1577).** 1923, in-8°, 70 p. . . . . 5 fr.

CHATEAUBRIAND. **Amour et vieillesse.** Reproduction en phototypie du manuscrit autographe de la Bibliothèque nationale, avec une introduction, des notes critiques et une étude sur Chateaubriand romanesque et amoureux, par V. GIRAUD. Gr. in-8°. Tirage limité à 1,000 exempl.. 20 fr.

Dépêches des Ambassadeurs milanais sous Louis XI, édit. B. DE MANDROT et SAMARAN. 4 vol. T. I, II, III, chaque 12 fr. T. IV. 15 fr.

GODET (M.), *mort au champ d'honneur.* **La congrégation de Montaigu (1490-1580).** 1912, in-8°, 7 pl. . . . . 6 fr.

LEFRANC (Abel). *Les lettres et les idées depuis la Renaissance.* In-8° écu. — T. II. **Grands écrivains français de la Renaissance** . . . . 11 fr. 25
T. III. A. CHÉNIER. **Œuvres inédites,** publiées d'après les manuscrits originaux . . . . 10 fr. 25

— **Comptes de Louise de Savoie et de Marguerite d'Angoulême** (en collaboration avec J. Boulenger). 1905, in-8°. . . . . . 7 fr. 50

MATHOREZ (J.). **Histoire de la formation de la population française.** Les étrangers en France sous l'Ancien Régime.
T. I. *Les Orientaux et les Extra-Européens. Grecs, Turcs, Maures, Polonais, Russes, Hongrois, Arméniens, Bohémiens, Indiens et Nègres.* 1919, gr. in-8°, 400 p.. . . . . 35 fr.
T. II. *Les Allemands. les Hollandais, les Scandinaves.* 1921,

MAURRAS (Charles). **Anthinéa.** In-8º carré . . . . 10 fr.

— **L'étang de Berre.** In-8º carré . . . . 10 fr.

— **Pages littéraires choisies.** In-8º carré . . . . 10 fr.

   Il reste de ce récent vol. quelques exempl. sur Rives. . . . 40 fr.

— **Trois idées politiques : Chateaubriand, Michelet, Sainte-Beuve.** In-12 . . . . 3 fr.

MONOD (Gabriel). **La vie et la pensée de Jules Michelet (1798-1852).** Préface de Ch. Bémont, membre de l'Institut. 2 vol. in-8º raisin, 400 et 258 p. . . . . 55 fr.

NAVENNE (F. de). **Rome et le palais Farnèse pendant les trois derniers siècles.** 2 vol. in-8º, 300 et 265 p. . . . . 25 fr.

NOLHAC (Pierre de). **Ronsard et l'humanisme.** 1921, in-8º, 366 p., avec 2 planches et fac-similé. . . . . 35 fr.

   Quelques exemplaires sur papier d'Arches . . . . 60 fr.

OULMONT (C.). **La poésie morale, politique et dramatique à la veille de la Renaissance. Pierre Gringore.** 1911, in-8º, XXXII-385 p. . . . . 4 fr. 25

RABELAIS. **Œuvres.** Édition critique publiée par Abel Lefranc, professeur au Collège de France, J. Boulenger, H. Clouzot, P. Dorveaux, J. Plattard et L. Sainéan.

   T. III et IV. **Pantagruel.** Ensemble. . . . . 55 fr.

   Déjà parus : T. I. In-4º, CLV-214 p. — T. II. In-4º, 215-558 p. Ensemble . . . . 37 fr. 50

   Formera environ 7 vol. auxquels on souscrit.

RÉAU (Louis). **L'Art français sur le Rhin au XVIIIº siècle.** *Alsace. Electorat palatin. Electorat de Mayence. Electorat de Trèves. Electorat de Cologne. Documents.* 1922, in-8º, 200 p. et 10 pl. hors texte. . . . . 16 fr.

RENAUDET (A.). **Préréforme et humanisme à Paris pendant les guerres d'Italie (1494-1517).** 1916, in-8º . . . . 30 fr.

   Ouvrage couronné par l'Académie française. Second prix Gobert. — Importante contribution à l'étude de la Réforme française.

REUSS (R.). **L'Alsace au XVIIº siècle au point de vue géographique, historique, administratif, économique, social, intellectuel et religieux.** 1896-1898, 2 forts vol. gr. in-8º. . . . . 57 fr.

REYNAUD (L.). **Les origines de l'influence française en Allemagne.** — *Étude sur l'histoire comparée de la civilisation en France et en Allemagne pendant la période précomtoise (940-1150).* Tome I : **L'offensive politique et sociale de la France.** In-8º . . . 18 fr.

ROCHEGUDE (Marquis de) et DUMOLIN (Maurice). **Guide pratique à travers le vieux Paris.** Petit in-8º, 500 p., imprimé par Protat frères, sous un élégant cartonnage, avec 60 croquis et une carte. 25 fr.

REVUE DE LITTÉRATURE COMPARÉE

Dirigée par F. Baldensperger, chargé de cours à la Sorbonne, professeur à l'Université de Strasbourg, et P. Hazard, professeur à l'Université de Lyon, chargé de cours à la Sorbonne; Secrétaire : Édouard Champion.

Tome III. Abonnement . . . . 40 fr.

Les tomes I et II sont en vente au prix de 50 fr.

www.ingramcontent.com/pod-product-compliance
Ingram Content Group UK Ltd.
Pitfield, Milton Keynes, MK11 3LW, UK
UKHW020003100726
13658UKWH00002B/789